ŒUVRES CHOISIES

DE PELLISSON,

DE L'ACADÉMIE FRANÇAISE.

ŒU

I

DE

FAI
R
N
VI

Cl

ŒUVRES CHOISIES

DE PELLISSON,

DE L'ACADÉMIE FRANÇAISE;

FAISANT suite aux Œuvres Choisies de Saint-Réal et de Saint-Évrémont, précédées d'une Notice sur la Vie, le Caractère et les Ouvrages de Pellisson,

PAR N. L. M. DESESSARTS.

SECOND VOLUME.

A PARIS,

Chez N. L. M. DESESSARTS, Libraire-Éditeur, rue du Théâtre Français, N°. 9, près la place de l'Odéon.

AN XIII (1805.)

SECOND DISCOURS

AU ROI,

POUR M. FOUCQUET.

Depuis qu'on a publié, contre mon dessein, la première défense de M. Foucquet que j'avois écrite pour Sa Majesté seule, je me suis caché derrière ce tableau, non pour l'intérêt de mon ouvrage, mais pour celui de mon ami, écoutant avec beaucoup d'attention ce qu'on en disoit de toutes parts depuis les plus grands jusqu'au vulgaire. Si l'on ne m'a point trompé, le Roi a lu ce discours, je ne sais avec quelle approbation et quel effet, mais au moins avec un esprit de justice, que la postérité, si elle est juste, lui comptera peut-être un jour pour quelque chose de plus qu'une

A 2

ville prise, ou qu'une bataille gagnée.
Le public en général m'a paru satisfait
et détrompé de bien des choses. Quelques ennemis louant ce discours comme
éloquent seulement, ont prétendu le
condamner comme peu solide. D'autres
l'ont attaqué sur quelques endroits avec
des raisons sans beaucoup de fondement, mais non pas sans quelque couleur et quelque apparence. Et c'étoit
peu si d'autres enfin n'eussent fait sortir des ténèbres de l'épargne, et ré-
pandu dans le monde, je ne sais quelles
affaires, non pas nouvelles ou auparavant inconnues pour eux comme on en
est fort bien averti, mais gardées en un
corps de réserve pour renouveler le
combat, afin que si on croyoit M. Fou-
quet justifié, un moment après on crut
qu'il n'en étoit rien, et que tous les jours
il devenoit plus coupable.

J'en ai été blessé, je l'avoue, jusqu'au

cœur, et ce qu'on ne croira peut-être pas, mais qui est très-vrai, je l'ai été même pour l'honneur de mon siècle et de ma patrie. Soit erreur, soit haine, soit préoccupation intéressée, sera-t-il dit qu'elles auront plus d'obstination que la vérité, l'amitié, et le devoir n'auront de constance? Le nom du Roi majestueux et terrible nous épouvantera-t-il? Non; puisque ce Prince héroïque opposant sa bonté et sa justice à sa puissance et à sa colère, n'a point encore condamné M. Foucquet, il ne peut trouver mauvais que l'on continue à le défendre, ou pour mieux dire, qu'en ce différend qui n'a pas seulement partagé le peuple, mais S. M. même, on vienne avec soumission, mais avec courage, au secours du Roi bon, juste, clément, généreux et magnanime, contre le Roi puissant et irrité.

Assurons-nous en cette équité que

A. 5

nous avons déjà éprouvée ; et si par un
bonheur qu'on souhaite , et qu'on n'ose
toutefois espérer , S. M. jetoit encore
les yeux sur ce discours, qu'elle y trouve
en peu de mots, mais adressés à elle-
même, notre défense avant celle de M.
Foucquet. L'une des plus vives lumières de l'histoire ancienne, Sire, l'un
des deux * foudres de guerre , c'est

* *Duo fulmina belli Scipiadas.* Virgil. VI,
Æneid. *Non dicam duo bella maxima, Puni-
cum et Hispaniense, ab uno Imperatore esse
confecta ; duas urbes potentissimas, quæ huic
Imperio maximè minabantur, ab eodem Sci-
pione esse deletas.* Cicero , Orat. pro Leg. Man.
*Sed quemadmodum splendor amplissimorum
virorum , in protegendis reis, plurimùm valuit:
ita in opprimendis, non sanè multum potuit.
Quinetiam evidenter noxiis , dum eos acriùs
impugnat , profuit. P. Scipio Æmilianus L.
Cottam ad Prætorem accusavit. Cujus causa
quamquam gravissimis criminibus erat confossa,
septies ampliata, et ad ultimum octavo judicio*

ainsi qu'on les nomme ; le dernier et le
plus illustre des Scipions avoit détruit
Numance et Carthage, les deux terreurs
du peuple Romain, assuré à sa patrie
l'empire du monde, rempli l'univers du
bruit et de la renommée de ses vertus,
lorsque le seul éclat de sa gloire fit absoudre contre la justice même un misérable
qu'il vouloit faire condamner. Que ces
triomphes, dirent les juges de ce temps-
là, que ces trophées, que ces dépouilles
des nations sur mer et sur terre soient
terribles aux ennemis de l'État, mais
qu'elles ne puissent rien en jugement

absoluta est, quia homines verebantur, ne præ-
cipuæ accusatoris amplitudini damnatio ejus
donata existimaretur. Quos hæc secum locutos
crediderim. Nolumus caput alterius petentem in
judicium triumphos, et trophæos, spoliaque,
ac devictarum navium rostra deferre ; terribilis
sit is adversùs hostem ; Civis verè salutem tanto
fulgore gloria subnixus ne insequatur. Valer,
Max, **VIII**, i. ii.

contre le salut d'un citoyen, qu'elles
soient plutôt capables de le sauver
que de le perdre. Ce que nous ne pouvons aujourd'hui, ce que nous n'ose-
rions, ce que nous ne voudrions pas
même attendre d'ailleurs, nous le de-
mandons à V. M. même. Qu'elle se con-
tente, Sire, d'égaler en réputation comme en courage ces fameux anciens qui
ont surpassé tous les autres; de faire
que la postérité demande comment ce
Roi a pu être tout ensemble le plus puissant, le plus sage, et le plus jeune des
Rois de son temps; de n'avoir eu jusqu'ici, de n'avoir encore que sa seule
modération pour borne de ses con-
quêtes. Que nos voisins en tremblent,
que les peuples les plus lointains en
soient étonnés, mais qu'elle ne nous ac-
cable point de sa gloire, qu'elle ne
vienne point contre nous avec la splendeur et la lumière de tant de pouvoir

de tant de triomphes. Qu'ils soient for-
midables à ses ennemis, mais que pas
un de ses sujets n'en ait rien à craindre.
Qu'il soit permis de dire, d'écrire, de
publier tout ce qui, sans blesser cette
autorité que rien n'égale, et cette gloire
dont rien n'approche, peut soulager
l'accablement et l'opprobre d'un malheureux. Que s'il y a quelque inégalité,
quelque faveur à espérer en sa justice
même, elle soit toute pour la foiblesse,
pour la misère, pour l'infortune, contre
la puissance, la prospérité et le bonheur.

Maintenant que je me suis un peu
confirmé, ce me semble, contre cette
première et juste terreur du nom royal,
je repousserai avec moins de crainte
cette armée d'ennemis divers en lan-
gage, mais unis en intentions. Commen-
çons par ceux qui nous flattent pour
nous combattre. Je suis le premier sans

A 5

doute qui s'est fâché d'être appelé éloquent, trop heureux d'acquérir avec si
peu de mérite un titre si rare et si précieux, si M. Foucquet n'étoit pas plutôt
trop malheureux, pour qui la raison
même n'est pas raison, et ne se peut appeler qu'éloquence. Quelqu'impatience
que nous ayons d'entrer dans un plus juste combat contre des ennemis plus déclarés, et plus légitimes, arrachons à ceux-
ci, mais en passant, ces vaines armes des
mains, de peur qu'en nous louant encore
une fois, ils ne pensent encore avoir
droit de condamner ce que nous avons
entrepris de défendre. Qu'ils sachent
donc, ces mauvais juges de la solidité
et de l'éloquence, qu'ils ne connoissent
ni l'une ni l'autre, quand par une conséquence ridicule ils veulent faire passer pour incompatibles et séparer si
cruellement deux choses que le ciel et
que la nature ont jointes ensemble :

qu'on ne touche presque point sans instruire ; que l'éloquence n'est elle-même
qu'une solide et forte raison tellement ac-
commodée au sens général et aux divers
goûts des hommes, qu'elle entre dans
les esprits malgré qu'on en ait. En vain
vous lui fermeriez une porte, elle s'en
ouvre cent à la fois, et se montrant premièrement claire, nette, et simple à
la partie supérieure et intelligente de
l'âme, elle ne cesse point qu'elle n'ait
enfin pénétré toutes les autres, sous toutes les formes et les figures diverses dont
elle a besoin ; remplit l'homme tout entier; excite en lui ce degré de chaleur
que la passion ajoute au jugement, et
sans lequel il ne se résout ni ne s'exécute
presque rien · u monde ; mais de penser
qu'elle puisse subsister jamais séparée
de cette solidité qui est son âme, sa
vie, sa substance et son fondement ; je
croirois plutôt que sans magie on bâti-

roit un palais en l'air, on feroit marcher et respirer une peinture, on guériroit un grand mal avec des paroles, qui, quelque choisies, quelque nobles, quelque riches qu'elles soient, en quelque belle cadence qu'on puisse les faire tomber, sans cet esprit intérieur de la raison ne sont qu'un vain bruit, et comme a dit un de nos auteurs après un ancien *, que des impertinences harmonieuses, capables peut-être d'éblouir, et pour un moment, le petit peuple, quand elles sont soutenues des charmes de l'action, de la voix, du geste, des regards, et des mouvemens du visage; mais incapables d'imposer au public dans une froide et simple lecture.

Mais ce sont les moindres de nos ennemis, et j'en vois jusqu'à cinq troupes de plus redoutables.

1. Les premiers examinant cette clau-

* *Nugæque canoræ.* Horat. de Arte Poët.

se des lettres de provision des surintendans, qui établit S. M. pour seul juge de
leurs actions, ont cru y avoir trouvé
qu'elle les doit faire juger par commis
saires : objection dont je ne parlerois
pas, la matière étant assez amplement
traitée dans le discours au Roi, dont je
ne veux rien répéter ni rebattre, si en
la conjoncture présente cet argument
subtil qu'on a fait valoir au palais ne
m'en devoit fournir un solide, noble
et royal pour le Louvre.

2. Les autres ont vu dans le discours
au Roi, que M. Foucquet pouvoit légitimement soutenir ces dépenses qui lui
ont attiré tant d'envie, parce qu'étant
contraint tous les jours de faire de pro-
digieuses avances pour le Roi, S. M.
trouvoit bon et ordonnoit que ce fût
non-seulement sans y perdre, mais aussi
avec les mêmes avantages qu'un autre
particulier.

Mais au lieu de recevoir cette réponse pour aussi bonne et solide qu'elle est, ils en ont triomphé comme d'une chose dite mal à propos, peu honnête à M. Foucquet, incompatible avec sa charge, qui le condamnoit au lieu de le justifier.

3. Les autres ont dit qu'un surintendant, comme surintendant, n'est pas véritablement obligé de compter; mais que si outre-passant sa charge il faisoit lui-même l'épargne chez lui (c'est comme ils parlent), il perdroit le privilége de sa charge, parce que dans la bonne foi naturelle tout maniement oblige à compter.

4. Les autres ont produit au jour l'affaire prétendue de six millions, dont presque tout le monde parle, et que presque personne n'entend.

6. Et les derniers enfin rappelant toute la sévérité des mœurs anciennes,

et comme nouveaux Catons descendus du ciel , encore qu'ils sachent bien que les crimes de plusieurs ne sont pas celui d'un seul , ramassent avec grand soin les désordres qu'on peut remarquer ou se figurer dans toute l'étendue des finances , à dessein d'aigrir par leurs graves et sévères discours les peuples , les juges , et directement ou indirectement le Roi même , contre tout ce qui peut avoir contribué à ce mal qu'ils représentent comme le plus grand de l'État.

Ce sont les cinq divers articles que je veux traiter dans ce discours , non point en éludant les objections , mais au contraire en les rapportant plus claires et plus fortes qu'elles ne sont en la bouche de nos ennemis.

I. *Contre l'objection prise du droit romain pour assujettir le surintendant à la juridiction des commissaires.*

Quant au premier, qui est cette objection du palais, encore que je ne veuille point embarrasser ce discours ni de droit ni d'érudition, cet endroit sera si court et si curieux, que j'ose espérer qu'il ne dégoûtera personne.

Les lettres de provision des surintendans disent qu'ils ne rendront raison de leur administration ni à la chambre des comptes, ni ailleurs, qu'à la seule personne du Roi. Ce même privilège est donné au surintendant d'autrefois, et à quelques autres dignités par une loi qui se trouve entre celles des Empereurs Romains : lois dont je ne veux point affoiblir l'autorité, encore qu'on prétende s'en servir contre nous. Les

uns tiennent qu'elles ne sont pas lois
pour les Français, au moins en pays cou-
tumier, mais raisons très-considérables.
Les autres, que toute la France, par un
usage public et par un consentement
tacite, les a reçues pour droit commun,
au défaut des ordonnances et des coutu-
mes. Tous en général conviennent que
quand elles seroient droit commun, il y
a mille rencontres aujourd'hui, où on ne
les peut appliquer à la lettre, mais selon
leur esprit et leur intention, à cause du
changement des temps et des mœurs,
surtout en ce qui regarde la police générale du royaume, qui a des principes
tout différens de celle de l'Empire Romain. Et pour prendre un juste tempé-
rament entre ces diverses opinions, je
comparerois volontiers l'autorité de ces
lois romaines en France à celle qu'a-
voient autrefois à Rome les *réponses des
prudens*, ou pour le mieux expliquer,

des fameux et célèbres jurisconsultes de
Rome, dont les juges n'osoient se dépar-
tir ou s'éloigner en jugeant, lorsqu'il n'y
avoit point de loi contraire; de sorte
que sans office et sans commission, sans
titre, sans autorité publique, sans
pompe, sans tribunal, sans brasier ar-
dent qui marchât devant eux, sans ha-
ches d'armes, sans faisceaux de verges,
sans licteurs, ces grands et doctes personnages exerçoient, pour ainsi dire,
une juridiction perpétuelle au-dessus de
toutes les autres, et qu'ils ne devoient
qu'à leur esprit, qu'à leur savoir et
qu'à leur sagesse *. Or dans cette loi

* *Zeno Imp. Quoties viro forte Patricio, vel
expatricio, vel ei quem Prætorianæ, vel urbi-
cariæ amplissimæ sedis administratio illustra-
vit, etc. cuive sacros nostri nominis thesauros,
aut res privatas nostræ pietatis, aut serenissimæ
Augustæ nostræ conjugis gubernandas injunxit:
post depositam videlicet administrationem, cre-*

dont je viens de parler, il est dit que le
surintendant sera jugé, en cas de crime,
par l'empereur seul, ou par celui qui
est appelé dans la loi *cognitor sacer*,
qu'on traduit *commissaire*, et que je
traduirois plutôt *examinateur royal*.
Car tout ce que nous appelons royal, ils
l'appeloient sacré, et de ce mot on a
voulu au palais tirer cette conséquence,
que quand le Roi promet de juger seul
le surintendant, il le faut entendre suivant la restriction de cette loi, ou par
lui-même, ou par celui, ou ceux qu'il
commettra.

men publicum privatumvè (cui tamen non per
procuratorem respondere liceat) in hac alma
urbe vel in provinciis commoranti ingeratur;
nullius alterius judicis, nisi nostræ pietatis,
hujusmodi esse cognitionem, vel sacri tantum-
modo cognitoris, cui nostra serenitas hujus-
modi negotii audientiam vice sua, sacris api-
cibus mittendis mandaverit. L. 3, C. ubi Senat.
vel Clariss. civil. vel crim. conv.

Je ne veux point rechercher en cet
endroit si cet examinateur étoit commissaire, ou officier en titre avec une
juridiction ordinaire et réglée ; cela
même ne seroit pas sans difficulté, quelque conséquence qu'on puisse tirer au
contraire des paroles de cette loi. Je
ne dirai même qu'en un seul mot, ce
qui est pourtant remarquable et décisif
à mon avis, que cet examinateur avoit
ce pouvoir, parce que la loi qui le lui
donne, l'exprimoit ainsi ; au lieu que
notre loi qui exclut sans doute les lois
romaines, toutes les fois qu'elle paroit
claire et simple, ne dit rien de semblable comme elle l'eût pu, dit et ex-
prime plutôt tout le contraire en renfer-
mant ce pouvoir en la seule personne
du Roi. Mais j'ajouterai deux choses qui
ne me semblent pas moins essentielles.

La première, que prenant le sens,
non pas les paroles de cette loi, comme

j'ai déjà dit qu'on ne peut faire autrement aujourd'hui à cause de la différence des temps et des mœurs, le droit d'être jugé par cet examinateur, soit officier, soit commissaire, étoit un privilége, comme il paroit clairement, pour ces sortes de dignités, qui en ces temps-là, différens du nôtre, ne pouvoient rien désirer de meilleur ni de plus avantageux. De bonne foi sommes-nous aux mêmes termes en France, où on n'oseroit presque mettre dans des provisions le droit d'être jugé *par le Roi* ou *par des commissaires ?* Le premier est très-souhaitable sans doute; M. Foucquet et les siens l'ont demandé avec larmes; le second l'est, à vrai dire, un peu moins, et cette glose renverse le texte. Et qui n'admireroit justement là-dessus la sagesse véritablement profonde, la prudence véritablement incompréhensible et incroyable des surintendans qui, pour se mettre à couvert de l'avenir, auroient demandé avec tant de soin et d'empressement, comme on le sait, une clause si utile dans leurs provisions, afin que si la fortune venoit à changer pour eux, ils n'eussent rien à démêler avec le parlement ni la chambre des comptes, toujours contraires aux malheureux, mais avec des commissaires seulement; avantage grand et signalé en France, après lesquels ils n'avoient plus rien à craindre, et pouvoient dormir en sûreté; ou pour parler plus simplement, qui croira jamais que cette clause accordée par les Rois, mais inventée, proposée, et toujours demandée par les surintendans, surtout depuis le procès de M. de la Viéville, et la chambre de justice de 1624, ait eu pour but d'établir contre eux la juridiction des chambres de justice?

Mais en second lieu prenons droit, si

l'on veut, par les propres termes de cette loi. Quel étoit le pouvoir de cet examinateur royal? Ceci est très-remarquable. Il pouvoit véritablement faire une espèce de procédure et une manière d'instruction sommaire hors des formes accoutumées, telle que celle qu'on a faite jusqu'ici contre M. Foucquet; mais après cela voyez combien on considéroit et combien on ménageoit en ce temps-là le sang, la vie, la réputation des personnes qui avoient eu l'honneur de passer dans les charges éminentes, et de recevoir au moins pour un temps en leur personne les premiers rayons de la sacrée lumière du Prince. Encore que * condamner et absoudre soient constamment et perpétuellement l'effet d'une même puissance, contre toutes les règles, contre

* *Nemo qui condemnare potest, absolvere non potest.* L. 37. **D.** de reg. Jur.

toutes les formes, contre toutes les
lois, cet examinateur, commissaire
maintenant, si vous voulez, pouvoit
absoudre, et ne pouvoit pas condamner;
s'il trouvoit lieu à l'absolution, il passoit
outre hardiment sans consulter le Prince ; il avoit droit de punir la calomnie,
hors que le calomniateur fût également
privilégié; mais s'il trouvoit * des crimes

---

* *Adeo autem tantarum honores dignitatum*
duximus augendos, ut ne sacro quidem cogni-
tori nostro, postquam crimen fuerit patefactum,
contra hujusmodi viros, vel eorum substantias
statuendi aliquid, concedimus facultatem : sed
hoc solum modo in hujusmodi viros, vice quo-
que Principis, Auditori licebit, ut intentatum
apud se crimen, si patefactum fuerit, ad prin-
cipalem referat cognitionem. Ultionis autem
tantis in ferendæ dignitatibus modus, non nisi
in Principis residebit arbitrio. Cum sit certum
oportere accusatoris calumniam reo videlicet
protinus absolvendo, inconsulta quoque nostra
Serenitate, prout leges sanciunt coerceri : n ..

punissables en l'accusé, ou quelque difficulté sur son innocence, il avoit les mains
liées ; il faisoit seulement son rapport à
l'Empereur, qui seul alors faisoit ou l'absolution, ou la condamnation, ou la
grâce : exemple singulier, remarquable, noble, digne même d'être connu
de notre grand Roi. Et qui sait si ce Prince, dont les jugemens sont impénétra-
bles, né pour toutes les grandes choses,
et admirable jusqu'aux moindres, Romain dans ce beau spectacle où nous l'a-
vons vu paroître avec tant de pompe,
tant d'adresse, tant de grâce, tant de
majesté, mais plus Romain dans la fer-
meté, dans les desseins et dans le courage, n'imitera point, ou de son propre

forte accusator non minoris, quam rens sit di-
gnitatis. In hoc namque casu, super coercenda
hujusmodi accusatoris calumnia non immerito
consulenda erit Principalis autoritas. D. L.
Quoties 3, §. 1, C. ubi Senat. vel clariss., etc.

mouvement n'égalera point sans aucune imitation ces grands Empereurs Romains, d'où nous est venue la source des lois et de la justice. Il falloit des examinateurs, des commissaires, pour examiner, pour interroger, pour instruire, pour rapporter; mais c'est à S. M. à faire le reste.

II. *Contre l'objection des avances qu'on reproche à M. Foucquet.*

Si M. Foucquet étoit si heureux dans son malheur, je ne dirois rien sur la seconde objection de ces avances qui le ravalent, dit-on, jusqu'à la condition d'un homme d'affaires, qui ne lui doivent pas faire attendre un meilleur traitement, incompatibles, comme on prétend, avec la qualité d'un surintendant, où il régloit lui-même ses intérêts, où il étoit tout ensemble juge et partie.

partie. J'en ai parlé à mon Roi, mais
en deux mots : car il ne l'ignoroit pas,
ayant un peu avant le malheur de M.
Fouequet arrété lui-même une de ces
avances de seize cent mille livres,
composée de sommes indubitables par
ses ordres exprès et particuliers. Voyez
combien je suis impertinent et incorri-
gible, combien je redoute nos ennemis
sur ce sujet, quelle nouvelle et ample
matière je fournis encore à leur objection. Je n'ai point fait auprès de S. M.
l'apologie de ces avances qu'on veut
faire passer pour illégitimes ; je me se-
rois rendu ridicule, car je parlois à celui qui les avoit approuvées, désirées,
ou commandées. J'ai pourtant dit que
c'étoit par nécessité et ne pouvant faire
mieux, et je ne dirai presque rien de
plus aujourd'hui, bien que je l'explique
et que je l'appuie, puisqu'il le faut, un peu
davantage. En un mot donc, je dis à nos

B

ennemis, comme disoit autrefois ce petit * peuple à un plus puissant : deux grandes déesses nous défendent contre vous, l'impossibilité et la nécessité. Ne m'entendez-vous point, je vais m'expliquer. Je dis donc bien clairement et bien positivement, et bien simplement, deux choses.

La première, que M. Foucquet en l'état des affaires ne pouvoit faire autrement.

La seconde, que cela étant, non-seulement il n'en doit pas souffrir, non-seulement il n'en doit pas être blâmé, mais aussi il en doit être loué malgré l'envie, mais aussi il eût été blâmable s'il ne l'eût fait, mais même il eût été ridicule.

Et pour commencer, remarquez, s'il vous plaît, quelque différence entre les expressions dont on se sert, et se peut

* Les Andriens. *Herodot. in Uran., cap. 3. et Plutarch. in Themistoc.*

servir sur cette matière. Ce que vous
appelez prêts, afin de lui donner un nom
plus favorable, je l'appelle plus véritablement *avances*. Ce qui vous blesse,
et ne blesse pourtant pas S. M., si on le
nomme intérêt, on le nommera plus proprement et avec plus de justice *dédommagement*, avantage, grâce, légère reconnoissance d'un service rendu qui
n'en empêche pas d'autres plus grandes.

Mais ne nous arrêtons pas aux paroles, considérons les choses en elles-
mêmes sans nous épouvanter par ces
fantômes de mots, dont si nous ne pouvons convenir, la formule ordinaire du
palais nous accordera *sans que les qualités puissent nuire ni préjudicier.*

Qu'est-ce qu'il y a donc ici de honteux et de blâmable? est-ce de secourir
d'argent un Roi qui en a besoin pour
les affaires de son Etat? Non. Les républiques entières l'ont fait pour nos Rois;

B 2

nos Rois le font tous les jours pour les
républiques étrangères, et pour d'autres Rois. Est-ce d'être remboursé par
le Roi de ce qu'on a fourni pour le Roi?
Je ne vois pas que l'un soit moins honnête que l'autre. Est-ce de ne rien perdre avec le Roi, mais au contraire de
recevoir de lui à la fin sans stipulation,
sans contrainte (car il n'y en peut avoir
à son égard), autant et plus de profit
qu'on en eût reçu, si on eut donné son
argent à un particulier? Je ne vois rien
de moins honteux à qui que ce soit au
monde, de plus digne du Roi, dont les
grâces ne se refusent jamais non plus
que celles des Dieux, et qui tous les
jours pour les pensions même qu'il
donne aux princes du sang, aux cardi-
dinaux, aux ducs et pairs, aux officiers
de la couronne, si la nécessité l'oblige à
reculer un peu leurs assignations, récom-
pense ce retardement par une augmen-

tation toute pareille de la somme prin-
pale, au moins quand il veut donner quelque marque de sa bonté et de sa faveur.

Mais, dites-vous, un surintendant
fera donc la même chose qu'un homme
d'affaires. Je réponds que ce n'est pas même chose, parce qu'elle est toute différente en son but, en ses circonstances; ou
si vous voulez que ce soit même chose
(encore sans que les noms puissent nuire
ni préjudicier), je dis que même chose
avec certaines circonstances et certaines
conditions est obscure et basse, avec
d'autres est relevée, est glorieuse. Par-
courez vous-même toute l'étendue de la
république, vous le trouverez ainsi. Je
ne veux pas m'écarter si loin; je me ren-
ferme dans notre matière. L'homme
d'affaires en donnant son argent au Roi,
n'a que son intérêt propre pour but,
sans songer ni à la nécessité, ni à la
gloire de l'État, qu'autant qu'elles s'ac-

B 3

cordent avec son intérêt; le surintendant ne pense qu'à cette nécessité et à
cette gloire, sans compter son intérêt
pour rien, s'il ne s'accorde avec elles.
L'homme d'affaires prête quand d'autres voudroient prêter, quand il voit un
fonds certain pour se remplacer. Le surintendant avance quand personne ne
veut plus prêter, quand il n'y a nul
fonds encore pour le remboursement,
qu'en son espérance, qu'en son intention, qu'en sa pensée. L'homme d'affaires avant que de rien donner, commence par un arrêt de prêt, par des ordonnances qui règlent son intérêt compris dans la somme principale, par un
résultat, par un traité, par un sceau.
Le surintendant commence par le commandement, par la simple parole du
Roi ou du premier ministre, par payer
aujourd'hui cent mille francs, demain
cent mille écus, après-demain deux

cent mille, sans gages, sans assuran-
ces, sans stipulations, ni conditions,
sans penser même à aucun profit ni avantage; si le remboursement arrive bientôt, mais s'il est reculé, mais si la somme est grande, si le Roi ou le ministre
l'ordonnent sans qu'il l'ait demandé, il
reçoit avec le remboursement telle grâce qu'on lui veut faire. L'homme d'affaires prend un intérêt au-delà du denier dix-huit, parce qu'il prête à son
maître, qui n'est pas sujet à la contrainte
ni à la saisie, qui payera quand il voudra et comme il voudra, qui ne payera
peut-être jamais, je ne dis même quelquefois justement par des considéra-
tions de la nécessité publique; qu'en un
mot il expose son argent sur une mer
pleine d'orages, et qu'en ce cas les lois
romaines, même assez sévères d'ailleurs contre les usures, permettent celle
du centième par mois, qui est à notre

B 4

manière douze pour cent. Le surintendant, au contraire, peut recevoir légitimement et honnétement le méme avantage de la main de S. M., non parce
qu'elle l'a promis, car il ne l'a pas méme demandé; non pour le péril qu'il
court, car le péril est passé quand on
le rembourse; mais parce que S. M. le
veut, parce qu'elle n'avoit pu méme
trouver cet argent ailleurs avec méme
perte; que quand les autres ont manqué à leur devoir, elle ne veut pas traiter moins bien celui qui pour la servir
a fait plus que son devoir et que sa charge. Ainsi, par la différence du but et des
circonstances, ce qui est toujours loua-
ble, toujours glorieux au surintendant,
est en l'homme d'affaires, non pas une
chose honteuse, gardez-vous bien de
le croire, ce seroit une erreur, je le
dirai hardiment, reprochable à la France, injurieuse à l'autorité souveraine.

pernicieuse à l'Etat, mais une chose indifférente en soi, qui peut même être
estimée, être louée, quand elle est faite
honnêtement, comme elle le fut en cet
ancien, à qui les peuples élevèrent des
statues avec cette inscription : *A l'excellent partisan* *.

Mais si je m'arrêtois là, je vois bien
que vous me chicaneriez encore en plusieurs sortes. Il faut vous montrer, une
fois pour toutes, que quand un surintendant stipuleroit des intérêts de ses avances, ce qu'il ne fait point ; quand il com-
menceroit de même qu'un homme d'affaires, et par les mêmes expéditions
par où il ne commença jamais, quoique
dans les suites et à la fin on y puisse
avoir recours sous des noms imaginaires, pour s'accommoder à l'ordre des
finances et aux formalités de l'épargne ;

* ΚΑΛΩΣ ΘΕΛΩΝΗΣΑΝΤΙ. Suet. in Vesp.

B 3

il faut, dis-je, vous montrer qu'en ce
cas-là même, malgré vos règles prétendues, malgré vos maximes fausses, il
ne se ravale point à la condition d'un
homme d'affaires, il ne doit pas être
traité comme tel. Et puisqu'en répon-
dant à cette objection avec solidité et
avec force, je prétends jeter un grand
fondement pour réfuter toutes les autres, qu'on ne s'étonne pas si j'y insiste
un peu plus long-temps que je ne l'aurois peut-être pensé moi-même.

Il est certain que ce qu'un homme fait
par la nécessité de sa charge pour en
remplir les fonctions, pour y satisfaire,
non-seulement sans reproche, mais aussi
avec honneur et avec gloire, ne lui
doit jamais nuire, ni apporter aucun
préjudice ; c'est ce qu'on prouveroit au
Palais par vingt textes et par autant de
gloses. Mais remontons aux vives et
claires sources de la nature, sans les

quelles textes et gloses, lois et autorités
ne sont qu'un embarras inutile. Quelque
déférence que j'aie en mon particulier
pour les grands noms, il m'importe peu
en ce moment que Justinien, que Papi-
nien, que Cujas l'ait dit, je veux que
chacun se le dise à soi-même.

Qui ne connoît le Protée des anciens
poëtes qu'il falloit lier et garrotter, qui
l'eût pu ; mais on ne le pouvoit sans
un secours divin, parce qu'il vous échap-
poit à toute heure en cent formes différentes, s'écouloit en eau, s'envoloit
en flamme, quand vous le pensiez tenir
en serpent ou en lion. Il y a quelque
chose de semblable dans toutes les grandes affaires qu'on ne peut assujettir à
des lois bien certaines ; et non-seulement dans toutes les grandes affaires,
mais aussi dans toutes les grandes choses, n'y ayant ni art ni science où la
seule règle sans exception ne soit celle-

ci, qu'il n'y a point de règle sans exception ; de sorte que quand nous nous sommes épuisés en distinctions bien subtiles, que nous n'avons plus assez de doigts pour compter toutes nos divisions et subdivisions, encore découvrons-nous le plus souvent qu'à vrai dire nous ne tenons rien, comme si cet esprit infini qui conduit le monde se moquoit de notre vanité, quand nous voulons donner des bornes à son pouvoir et mesurer si exactement la nature des choses, ou si notre esprit humain se fâchoit de son côté qu'on voulût l'enfermer et l'emprisonner dans les règles qu'il a faites lui-même pour son usage, non pour son supplice. D'où vient, pour le remarquer en passant, que ce ne sont pas ces grands donneurs de préceptes qui excellent en chaque genre de choses, mais ceux que le ciel a fait naître avec un génie heureux et juste, capa-

ble de connoître en chaque genre ce
qu'il faut et ce qui est nécessaire ? esprits supérieurs qui ne suivent pas les
règles, mais qui les font, et sur la conduite desquels on les a formées. Mais ce
qui est vrai généralement partout, l'est
sans comparaison davantage en matière
d'affaires publiques et de gouvernement:
véritable Protée qu'on ne voit presque
jamais en même état, et sous une figure
certaine. Quand donc vous auriez trouvé mille lois et mille ordonnances qui
réglassent le devoir des surintendans ;
au lieu que jusqu'ici je n'en sache point
que leur propre commission, qui ne les
règle que par leur conscience; quand
avec ces lois vous auriez bien établi vos
incompatibilités prétendues, je ne vous
dirai pas seulement comme je pourrois,
comme il suffiroit, que le maître des
lois l'a voulu ainsi. Je vous dirai même
qu'au-dessus de toutes vos lois, qu'au-

dessus de toutes vos ordonnances, il y
a une suprème loi, une courte mais
grande loi, maîtresse de toutes les au‑
tres, que les Romains ont expliquée en
cinq mots dans les règles d'une bonne
devise, qui, en notre langue, aura plus
de mots, mais non pas plus de syllabes * :
Le salut public est la loi des lois.
Quand cette loi parle, toutes les autres
se taisent. Les actions, non-seulement
indifférentes en soi, comme celles dont
il s'agit, mais les plus mauvaises de leur
nature, deviennent justes et légitimes :
et ce qui seroit quelquefois un horrible
assassinat, n'est plus qu'un beau strata‑
gème. Quand pour obéir à cette loi,
quelqu'un semble s'éloigner et s'écarter
de son poste naturel, la république se
présente et intercède elle-même pour
cet absent ; ce n'est pas lui qui l'a fait,

---

* *Salus populi suprema lex esto.*

nous dit-elle, c'est moi. Voudriez-vous
que pour ne pas choquer une loi il m'eût
renversée ? Et le surintendant qui, lorsqu'il l'aura fallu nécessairement, aura
fait l'homme d'affaires, pour parler selon vous, ne doit non plus être traité
d'homme d'affaires, que le général d'armée, en enfant perdu, en pionnier et en
goujat, parce qu'en des occasions où il
le falloit il aura été le premier au feu,
aura planté le premier piquet et jeté la
première hotte de terre. Et pour suivre
la même comparaison, pourvu qu'un
surintendant serve utilement, qu'il soit
toutes choses, il ne laissera pas d'être
un grand surintendant ; comme ce grand
capitaine Athénien *, qui n'étoit, disoit-
il lui-même, ni cavalier, ni fantassin,
ni piquier, ni lancier, ni tireur d'arc,
mais tout cela ensemble, et celui qui

* Iphicrates.

commandoit à tous. Et que diriez-vous
si vous aviez vu ce que nous avons ap-
pris des plus anciens du conseil, un M.
d'O surintendant des finances, non pas
en secret, mais publiquement, après une
adjudication des gabelles de France, y
prendre deux sols pour lui en même
temps que la Reine en prenoit un autre?
Il disoit que cela même servoit aux affaires, et qu'on eût été ridicule de le
soupçonner d'un bas et lâche intérêt en
une si haute charge. Il soutenoit, et
avec justice, que cette charge n'étant
pas office, mais commission, n'avoit
pour règles et pour bornes que la seule
volonté du commettant; pouvoit légitimement tout ce que le maître savoit et
vouloit, ou approuvoit, ou souffroit,
ou toléroit, ou ne défendoit pas. C'est
par cette maxime très-ancienne en France, très-indubitable et très-équitable
pour toute sorte de ministres, et non

point par les vôtres toutes rigoureuses et
toutes nouvelles, sans aucune loi ni ordonnance pour fondement, qu'il faudroit examiner la conduite de M. Foucc-
quet. Mais quoi, dites-vous, il étoit
donc juge et partie, il régloit lui-même
le profit de ses avances. Oui, mais avec
S. E. ou S. M. même, jamais autrement.
Mais il signoit les expéditions pour son
revenu. Oui ; mais en cela il ne le faut
regarder que comme étranger à lui-mé-
me, que comme la main dont il plaisoit
au Roi de se servir, ainsi qu'un garde
des sceaux ou qu'un chancelier, quand
il arrive, comme on l'a vu quelquefois,
que pour commencer à sceller, il scelle
sa commission ou son office, ou dans
les suites quelque don et quelque grâce
qui le regardent ainsi que tout surintendant, quand par le commandement du
Roi il signe pour lui-même les assignations pour ses appointemens, pour ses

pensions, et pour d'autres grâces purement grâces.

Mais il faut achever de vous tenir ma
parole, et vous montrer en deux mots
combien M. Foucquet eût été même ridicule en s'arrêtant à vos difficultés. Supposez encore pour un moment cette
nécessité que je vais vous prouver ensuite, et imaginez-vous le plaisir que
vous auriez de trouver un jour dans
l'histoire de M. de Mézeray, ou dans
quelqu'une de ces relations particulières et curieuses qui se plaisent à remarquer les petites causes des grands évé-
nemens ; cette année nous manquâmes
deux grands succès, non pas tant faute
d'argent, que par quelques formalités
des finances. On attendoit un grand et
infaillible secours de quelques affaires
extraordinaires, rentes et augmenta-
tions de gages, mais la vérification n'en
put être faite assez promptement. Un

rapporteur de l'édit s'alla malheureusement promener aux champs, un autre
perdit sa femme, on tomba dans les fê-
tes, et après la vérification même dont
l'on n'étoit pas assuré, les expéditions
de l'épargne, des parties casuelles et de
l'hôtel - de - ville étoient longues par la
multitude des quittances et des con-
trats. Girardin, le plus hardi des hommes d'affaires, avoit promis deux millions d'avance, mais il étoit malade à
l'extrémité ; Monerot le jeune, qui ne lui
cédoit ni en crédit ni en courage, pour
quelque indisposition étoit aux eaux de
Bourbon ; Marchand étoit mécontent
d'une taxe qu'on lui faisoit payer, di-
soit-il, avec injustice, et le bon homme
Languet ne vouloit rien faire sans eux ;
nul des autres n'étoit ou assez fort ou assez entreprenant. Le surintendant trouvoit de l'argent sur ses promesses, mais
la prudence ne lui conseilloit pas d'en-

gager si avant sa fortune particulière
dans la publique, il alloit pourtant passer par-dessus, quand de grands et doctes personnages lui montrèrent clairement qu'il ne le pouvoit; car de prêter
ces grandes sommes sans en tirer aucun
dédommagement, c'étoit ruiner impi-
toyablement sa famille; d'en prendre
le même intérêt qu'un homme d'affaires,
cela étoit indigne et même usuraire; de
faire un prêt supposé sous le nom d'un
autre, c'étoit une fausseté. Et par toutes ces circonstances malheureuses l'armée manquant de toutes choses, et le
mal étant plus prompt que le remède,
nous ne pûmes jamais prendre Stenay,
ni secourir Arras.

L'histoire en seroit bien ridicule sans
doute; et si elle est feinte ici, sachez
qu'elle a été mille et mille fois véritable,
et que ces grandes machines si belles et
si pompeuses au dehors, où l'on ne voit

briller que des dieux et des héros, que des pierreries et que des lumières, ne se soutiennent, ni ne se meuvent, n'avancent, ni ne reculent, ne montent et ne descendent que sur des mouvemens, sur des cordes, sur des poulies de cette espèce qu'on cache autant qu'on peut à la vue des spectateurs.

Et c'est le malheur de M. Foucquet, que tout le monde juge de lui, et que personne presque, non pas S. M. même, ne sait en détail l'importance, la nécessité, la franchise, je le dirai malgré l'envie, l'extrême générosité de ses services. Il n'en a eu qu'un petit nombre de témoins, à qui le malheur, ou la crainte, ou l'intérêt ferment la bouche. Au contraire, nous dira-t-on, cette nécessité que vous avez supposée jusqu'ici, n'étoit que supposition; il la faisoit paroître telle pour ses intérêts, et l'avenir montrera bien qu'on n'avoit que faire

de ces prêts et de ces avances. Bon
Dieu ! comment le peut-on dire à ceux
qui l'ont vu ne faire jamais qu'avec une
inquiétude mortelle consolée du seul
plaisir de servir, ces grandes avances
qu'il regardoit éternellement comme
les épines et les précipices de sa charge ? Comment le peut-on dire à qui que
ce soit en France, si par quelque charme et par quelque breuvage on ne lui
a fait auparavant oublier tout ce temps-
là et le véritable état des choses ?

Ne laissons rien néanmoins dans ce
tableau, non pas même en éloignement,
qui puisse blesser les yeux de personne.
Couvrons plutôt d'ombres et de nuages
tout ce qui pourroit en même temps dé-
plaire et servir ; mais figurons-nous seulement d'un côté la guerre, ce monstre
affreux que les poëtes représentent avec
cent gueules ouvertes, et un ventre toujours affamé, qui comme la mort sa com-

pagne est insatiable, comme le feu son
cruel ministre, ne dit jamais *, c'est assez, pour parler aux termes de l'écriture. Cette guerre, dis-je, glorieuse et
triomphante pour nous, mais longue
pour tout le monde, qui, comme on le
sait d'original, si elle a incommodé nos
finances, a mis sans comparaison plus
bas celles de l'Espagne malgré leurs In-
des et leur Pérou; et d'autre côté repré-
sentons-nous une guerre de différente
nature, mais intérieure et domestique,
plus difficile peut-être à soutenir pour
un surintendant que celle de l'Espagne,
je veux dire celle d'un nombre infini de
personnes de toutes sortes, qui se trou-
vant en possession de grâces obtenues
ou arrachées durant une minorité pleine
d'orages, combattoient pour s'y main-
tenir comme pour leurs feux et pour
leurs autels, tout cela sous un ministre

* Prov. 3, 15.

très-grand et très-habile, qui le peut
nier? mais circonspect, sage et modéré
de sa nature, qui ayant d'ailleurs éprouvé qu'il ne falloit craindre pour la France
que la France même, autant par raison
que par inclination, ménageoit le de-
dans de tout son pouvoir, pour n'avoir
à faire qu'au dehors. Pourquoi le dissi-
muler, de tous ceux qu'il falloit choquer
pour mettre les affaires du Roi en meilleurs termes, quand on avoit consulté
cette sage et exacte raison, à peine s'en
trouvoit-il un seul qui ne pût encore servir ou nuire en choses plus importantes, à qui S. E., je dis prudemment, je
dis sagement, crut pouvoir refuser du
moins une recommandation, du moins
un billet de l'un de ces secrétaires, avec
cinq ou six lignes de sa main, *di proprio
pugno:* qui est une manière d'office pressant et redoublé que l'Italie a presque
enseignée à la France, qu'avec un commandement

mandement de cette nature quelqu'un
trouvât encore un obstacle, ou un retardement dans les finances, il ne man-
quoit pas de faire tomber le lendemain
en conversation par lui-même ou par un
autre, moitié louant, moitié blâmant,
la beauté de Vaux, les peintures de le
Brun, les amis du parlement, les grandes et soudaines richesses des gens d'affaires, et cent autres choses plus capables de faire une forte impression sur un
ministre (qu'il nous soit permis d'en
dire ce mot, ce n'est pas même une ta-
che dans ce soleil); sur un ministre,
dis-je, très-éclairé, grand et incomparable sans doute, mais qui, selon le génie
des personnes d'une prudence consom-
mée, ainsi que tout le monde le sait,
ainsi que le disent tous les jours ses plus
assidus et ses plus fidèles domestiques,
avoit l'âme éternellement ouverte aux
défiances et aux soupçons. Voilà briè-

C

vement et comme d'un seul coup de pinceau l'image de ce temps-là , duquel si quelqu'un veut juger par le temps présent ou par l'avenir, il se trompe ou fait une très-grande injustice. Non-seulement la tempête de la guerre est passée, durant laquelle il ne falloit ménager ni voiles, ni cordages, ni mâts, ni marchandises même , si on étoit trop pressé ; on en a toujours de reste quand le vaisseau arrive à bon port ; mais de plus souvenons-nous de ce mot ancien : *pour combien de légions me comptez - vous ?* Notre Roi le diroit de bonne grâce à la tête de ses armées, mais à la tête de ses finances, pour combien de millions le comptez - vous , lui qui effraye par sa seule présence toutes les demandes injustes et mal fondées, qui étouffe les murmures avant leur naissance même, qui contient tout dans le devoir par sa sagesse et par son autorité, qui use sans crainte de tous les remèdes qu'il croit nécessaires, et qui cependant au milieu de cette grande application digne de louanges immortelles, s'aperçoit (si je ne me trompe) qu'après avoir soutenu les charges indispensables de l'Etat, il s'en faut beaucoup qu'il ne reste une aussi grande matière qu'on auroit cru à la rapine et au pillage ?

M. Foucquet n'espéroit-il pas lui-même toutes choses, et de ce grand bien de la paix générale, et de l'autorité d'un si grand Roi pour la restauration des finances? n'étoit-ce pas sa principale pensée, son plus grand souhait? Témoin ces belles et laborieuses tables dont S. M. même a connoissance, tirées avec tant de soin des états du Roi, des rôles de l'épargne, et des registres de la chambre des comptes, où paroissoient en colonnes, année par année, depuis très-long-temps, toutes les dépenses générales et

particulières de l'État, les causes ou les
prétextes qui les avoient fait augmenter
ou diminuer, ce que la justice du Roi
pouvoit ajouter aux unes sans profu-
sion, ce que son économie pouvoit ôter
des autres sans dureté. Témoin ces beaux
et amples mémoires de toutes les sortes
non pas reçus simplement, mais aussi
digérés par lui-même pour décharger
les peuples d'une partie des tailles ; mais
sur tout de la vexation infinie des con-
traintes qui font leur plus grand mal.
Témoin les personnes intelligentes en-
voyées exprès en plusieurs généralités,
sans titre, ni caractère public, afin que
n'épouvantant personne, et n'ayant nulle
autre application, elles étudiassent de
plus près et comme par simple curiosité
l'inégalité des départemens, la misère
des taillables, et les moyens d'y remé-
dier. Nous le savons, car les mains qui
ont écrit, car ceux qui ont travaillé, car

les personnes mêmes du conseil avec qui il en a eu de si longues conférences sont encore au monde. Mais on n'a garde de parler de ces travaux, ni de tant d'autres qu'il faisoit, ou par ordre de S. M., ou de son propre mouvement, et pour elle-même, qui devoient au moins, selon ses souhaits, faire refleurir le commerce en France, donner plus d'assistance aux pauvres et aux malheureux, plus de récompenses aux inventions utiles et à la vertu. Il vaut bien mieux entretenir ou amuser le public de tous les papiers mal entendus qui peuvent le décrier, ou lui faire des ennemis, et de ceux qu'on appelle portraits, qui ont fait un si grand et si ridicule vacarme, dont je montrerai pourtant quelque jour ou le mécompte, ou l'injustice.

Pourquoi quelque jour? faisons-le dès cette heure, puisque nous y sommes tombés sans y penser, l'endroit ne sera

C 3

peut-être pas ni importun ni inutile ;
nous n'en faisons pas assez d'état pour
le traiter autrement que par digression.
Nous voici à la fin d'une objection, sur
le point d'entrer dans une autre ; nous
aurons fait en deux mots ; nous revien-
drons incontinent aux finances.

Je parle de cette matière si peu con-
nue, sur le rapport de trois personnes
d'honneur et de probité que la cour ne
hait ni ne méprise. M. Foucquet voyoit
avec une joie qu'on ne peut exprimer le
Roi véritablement Roi, et cette grande
lumière qui se découvroit à ses peuples.
Il vouloit montrer les peuples à leur
Roi, et faire pour Sa Majesté ce qu'Auguste fit pour lui-même et pour tous ses
successeurs, *un instrument de l'Empire.*
Là devoient être par ordre les forces et
les revenus de l'État, suivant les provinces et les généralités ; combien de pa-
roisses en chacune, combien de feux.

quelle la qualité des terres et du pays,
quels seigneurs, quels habitans, quelle
leur application et leur industrie. On y
devoit ajouter une connoissance sommaire des principales personnes de France en toutes sortes de qualités et de pro-
fessions; je dis des principales, car les
médiocres n'en devoient point être. On
n'entasse pas pour les Rois, on choisit;
moins encore celles dont il n'y avoit que
du mal à dire. Il ne vouloit nuire à personne, ce n'étoit pas son talent; il évi-
toit ces mauvaises impressions qu'on
pouvoit donner, sans y penser, comme
l'écueil de ce travail. On n'y devoit parler seulement que de ce qui étoit nécessaire, de ce dont le Prince se pouvoit
servir au besoin, de ce qui étoit au-dessus du commun, afin que S. M. toute
seule prévenant souvent dans la distribution de ses grâces, non-seulement les
demandes, mais les pensées même des

C 4

personnes de mérite lorsqu'elles croiroient être cachées, ou dans l'assiduité
de leur emploi, ou dans l'obscurité des
provinces, ou dans la bassesse même de
leur fortune, les surprit agréablement,
et se les acquit davantage par un seul
bienfait, qu'elle ne le peut autrement
par mille. Mais ce n'étoit pas l'ouvrage
d'un jour ni d'un mois ; pour bien choi-
sir il falloit tout avoir ; il falloit prendre
des mémoires, non pas d'un seul, car
un seul se trompe et est trompé, veut
tromper quelquefois, mais de plusieurs ;
car c'est sur le rapport de plusieurs qu'on
peut à peu près juger de la vérité en
choses semblables. On trouve aujour-
d'hui quelques-uns de ces mémoires, les
uns bons, les autres mauvais, contraires
quelquefois les uns aux autres ; c'est de
quoi on s'étonne et on se fâche. Il y en
a même, dit-on, d'écrits de sa main,
nous en savons la vérité. C'étoient mé-

moires donnés ou de bouche par des
personnes de la cour que nous pour-
rions nommer, ou par écrit, à la charge
d'en prendre ce qu'on voudroit, et de
rendre l'original; on en a pris le plus
souvent ce que l'on en jugeoit le moins
véritable, ou le plus douteux; et tout
homme qui ramasse des matériaux pour
un ouvrage, et qui n'en est pas encore
à le fondre, comme on parle, n'écrit
pas ce qu'il sait, et dont il est persuadé,
mais plutôt ce qu'il ne sait pas, ce qu'il
ne croit pas, quoiqu'il le trouve en quelque lieu remarquable, ou du moins ce
qu'il croit et sait si peu, qu'il appré-
hende de l'oublier, qu'il juge à propos de
l'examiner encore. Voilà cependant ce
qui fait un si grand bruit dans le monde,
scandale aux uns, folie aux autres (comme parle l'écriture). Voilà ce dessein
si ridicule pour un surintendant, si
extravagant pour un ministre, si in-

digne de l'approbation d'un grand
Roi.

III. *Contre l'objection du prétendu
maniement par lequel on veut le
rendre comptable.*

Mais venons à la troisième objection,
où il faut examiner si M. Foucquet, et
tout autre surintendant peut être obligé, en aucun cas, de compter de son administration ; ce qui est pourtant impossible quand on le voudroit, et je l'ai
montré amplement dans le discours au
Roi. Etablissons dès l'entrée nos principes, sans quoi l'objection ne se peut
réfuter, ni même entendre. Il est certain qu'un surintendant ne peut être tenu de compter. Premièrement, parce
que dans la nature des choses, dans
la règle générale, nul ordonnateur ne
compte, ce sont choses discordantes,
opposées, contraires, incompatibles.

Ordonner, est de celui qui commande ;
compter, de celui qui obéit. Ordonner,
est du droit ; compter, du fait. Ordonner, regarde la qualité des dépenses :
compter, la somme et la quantité ; l'un
est supérieur, l'autre subalterne : en un
mot, dans ce grand et bizarre nombre
d'emplois qu'on voit en France, je n'en
sache pas un seul où la qualité d'ordonnateur et de comptable se rencontre ensemble et en même égard.

Mais en second lieu, les surintendans
par leurs lettres ont un privilége particulier, ou même plusieurs ; ils ne rendront pas compte, mais raison de leur
administration, disent leurs lettres ; et
cette raison, non pas à d'autres juges,
mais au Roi seul, et au Roi, non pas suivant certaines lois qui leur soient pres-
crites, mais suivant leur conscience.

L'éminence de cette charge, l'honneur d'être éclairé des yeux de son Prin-

ce, d'entrer tous les jours dans son sanctuaire, ne laissant pas présumer qu'en
une chose si religieuse et si sacrée on ait
besoin d'autre loi que de celle-là, comme sous les * Rois d'Israël, on n'en donnoit aucune autre à ceux qui dispen-
soient les trésors sacrés pour les grands
travaux et les précieux ornemens du
temple, sans compte, sans contrôle, que
celui de leur conscience et de leur foi.

Ne pensez pas cependant que dans
cette liberté qui semble sans bornes, il
ait été permis aux surintendans d'entre-
prendre tout ce qu'ils vouloient, ainsi
qu'on se l'imagine faute de savoir l'ordre des finances, sans quoi on ne peut
avoir que des lumières troubles et con-
fuses sur ce sujet.

* 4. Reg., c. 12, 15. *Et non fiebat ratio iis
hominibus qui accipiebant pecuniam ut dis-
tribuerent eam artificibus, sed in fide tracta-
bant eam.*

Il faut regarder dans les finances à cet égard trois personnes principalement : le surintendant qui ordonne, et n'a soin que d'ordonner et de faire des fonds pour l'exécution de ses ordonnances ; le trésorier de l'épargne qui n'ordonne rien, et compte à la chambre des comptes sur les ordonnances du surintendant *, rien ne pouvant être ni reçu, ni employé sans passer par ses mains, ou en argent, ou en papier ; parce que de tout ce qui se paye à S. M. généralement, lui seul en fournit les quittances, sans lesquelles nul homme n'en est valablement déchargé, et de tout ce que S. M. paye, les ordres publics n'en sont adressés qu'à lui seul.

Enfin il faut encore considérer dans les finances une troisième personne, sur

---

* Et C. 22 , 7. *Verumtamen non supputetur eis argentum quod accipiunt, sed in potestate habeant et in fide.* Idem 2 , Paralip. 34 , 12.

l'emploi de laquelle, quoiqu'il soit très-important, peu de gens ont fait assez de réflexion ; c'est celui qui tient le registre des fonds, autrement la commission de l'épargne, ainsi nommée parce que c'est une espèce du contrôle à l'épargne et au surintendant, et tenue en dernier lieu sous M. F. par M. Colbert. Ceux qui ont été en cette place sous les derniers surintendans, n'ont jamais été ni leurs commis, ni leurs domestiques, ni nommés et établis pour cela par eux, ni même dans leurs intérêts ; mais choisis par la puissance et l'autorité souveraine, plutôt contraires que favorables pour les éclairer et les observer.

La fonction de celui qui tient ce registre consiste à enregistrer d'un côté tous les fonds qui viennent généralement ordinaires, et extraordinaires, et d'un autre côté, toutes les dépenses qui se font par assignations ou réassignations

sur ces fonds. Non pas seulement comme
on le fait à l'épargne, en disant, un tel
billet provenant d'une telle ordonnance
a été réassigné sur tels fonds, mais encore plus amplement avec plus de connoissance de cause : car s'il y a quelque
chose de secret et d'intérieur qui, pour
l'intérêt du Roi, ne doive point être sçu à
l'épargne, moins encore à la chambre
des comptes, il doit paroître sur ce registre des fonds, qui n'est pas public
comme celui de l'épargne, mais particulier entre le Roi et le surintendant, pour
leur servir de mémoire, où par con-
séquent se démêlent et se développent
toutes les causes des assignations et
réassignations. Qu'on ne s'imagine pas
aussi que celui qui tient ce registre ne
puisse pas savoir tous les fonds, toutes les
dépenses, s'il ne plaît au surintendant;
au contraire, le surintendant ne sauroit les lui cacher, s'il lui plaît de les

savoir. Et que ne peut celui qui a de
son côté le maître du surintendant
même? Les traités sont connus; qu'il
mande les gens d'affaires pour les lui rapporter, en cas qu'ils ne le fassent pas
volontairement. Si c'est trop de peine,
qu'il aille à l'épargne une fois la semai-
ne, une fois le mois, qu'il voie le registre
qui est public, et qu'on n'oseroit lui refuser; il y trouvera sur quels fonds on
assigne, et ce qu'on assigne. M. Colbert,
dont l'exactitude et la diligence ont de
tout temps mérité mille louanges, a
montré assez combien ce registre pouvoit être exact, et il ne se trouvera pas
de son temps la moindre recette, la
moindre dépense dont son registre ne
rende la raison toute entière. Voilà nos
principes indubitables, notre ordre
constant, le surintendant ordonne, le
trésorier de l'épargne compte, le registre des fonds contrôle en quelque sorte

le surintendant, et l'épargne explique la nature particulière des fonds et des dépenses. Si vous confondez cet ordre, vous renversez tout; si vous obligez le surintendant à compter, faites aussi que le trésorier de l'épargne ordonne, que celui qui tient le registre des fonds compte et ordonne tout ensemble. Il n'y a pas plus d'inconvénient, plus de désordre, plus d'absurdité en l'un qu'en l'autre. Voyons maintenant l'objection. Tout maniement, dit-on, par la bonne foi naturelle, oblige à compter, quelque privilége qu'on ait d'ailleurs. M. Foucquet a fait un maniement très-considérable; on trouve tant de millions en recette et en dépense dans les registres de ses commis. Que d'erreur, que d'injustice dans le monde. Que de malheur, que de calamité, que d'infortune en la personne de M. Foucquet. Que sera-ce si je montre très-clairement que ce prétendu manie-

...ment est une chimère? Que ce sont les bonnes actions de M. Foucquet dont on l'accuse, ses propres services qu'on amène en jugement contre lui, mais qui, trompant l'espérance de ses ennemis, crient hautement au milieu de leur déposition qu'on leur fait violence, qu'ils ne disent point ce qu'on leur fait dire, que rien n'est plus éloigné de leur intention.

Qu'appelle-t-on en France, et parmi ceux qui parlent français, manier l'argent de quelqu'un? (ne profanons point ici le saint nom du Roi, manier pour S. M. ou manier pour quelqu'un, quant au sens du mot, c'est même chose.) Qu'est-ce donc que manier l'argent de quelqu'un, est-ce lui prêter? non, sans doute. Mais quoi, si nous lui prêtons non pas une fois, mais deux, mais dix, mais cent, qu'il nous paye tantôt une partie, que tantôt il nous en emprunte autre, est-ce manier son argent, je ne le pense

pas ; il manieroit plutôt le nôtre que nous
le sien : prenons une comparaison juste et
convaincante. On sait assez quelles personnes puissantes (au moins naguères)
en argent et en crédit ont vécu de cette
sorte avec M. Foucquet , lui prétant de
grandes sommes dont il s'acquittoit en
partie, puis leur en empruntoit d'autres , changeant mille et mille fois la
date , la quantité , la nature de sa dette ,
mais leur demeurant toujours engagé et
obligé. Qu'il leur dise aujourd'hui : tout
maniement oblige à compter ; vous en
avez fait un fort grand de mon argent
depuis six ans ; je vous ai donné bien des
effets , bien des millions à recevoir en tel
temps , sur telles personnes , rendez-moi
compte. Ne répondront-ils , pas avec raison, nous ne savons que c'est. Où trou-
vez-vous que nous ayons manié votre
argent pour vous avoir prêté le nôtre ?
Nous vous honorions et trop , puisque

nous participons à votre infortune; nous
étions vos serviteurs, mais non pas vos
receveurs. Quand nous vous avons prêté, vous nous avez donné vos billets.
Quand vous nous avez payé, nous vous
les avons rendus pour les déchirer : voici
ceux qui nous restent; l'un a pour qua-
torze cent mille livres, l'autre pour
quinze cent mille, l'autre pour davantage. Il y en a pour douze millions en
tout, d'autres comptes nous n'en avons
ni n'en devons avoir. Quant à ce que
vous apelez maniement, encore une fois
nous ne le pouvons comprendre, c'étoit
notre argent que nous recevions, et
manier c'est recevoir l'argent d'un autre, dont on est comme dépositaire jus-
ques à l'ordre de le distribuer, qui est
tellement à autrui qu'on n'y peut toucher
sans crime, ni en la quantité, ni même
aux espèces; je ne pense pas qu'il en
faille dire davantage; car qui n'entend,

qui ne voit que M. Foucquet a fait pour
S. M. ce que ces mêmes personnes ont
fait pour lui ; que ces millions dont on
parle, comme s'il les avoit reçus tous ensemble, mis dans une forte tour, distri-
bués à son aise à mesure qu'on en avoit
besoin, ne sont que millions avancés, re-
retirés, et avancés encore par lui quand
il a fallu risquer toutes choses ; engager,
oublier, sacrifier fortune propre, serviteurs, amis, parens, femmes et enfans
pour le salut de l'Etat. Le premier million s'avance sur son crédit, qui en doute ? Il revient quelques mois après ; mais
la nécessité de l'employer étoit déjà re-
venue vingt fois frapper à la porte, et
savoir s'il n'étoit point revenu ; ces deux
monstres, dont je parlois tantôt, l'un fu-
rieux avec ses cent gueules ouvertes,
l'autre qui en a mille, plus civil, mais plus
dangereux, le demandoient l'un et l'autre : le refusera-t-on ? il faut donc en être

dévoré ; plutôt on leur donne et ce million et un autre, ces deux reviennent et ressortent avec autant de facilité et de promptitude, et toujours rentrant, et ressortant par la même nécessité, font enfin une somme de millions, ou plutôt de grands, d'importans, d'utiles, de nécessaires, de périlleux, de généreux, et de glorieux services. Et si l'on nous dit (nous savons que des magistrats sages et équitables l'ont dit ainsi), ces avances paroissent bien en gros, mais non en détail et article par article, comme il seroit à désirer; nous répondons : elles paroissent autant et plus que celles que faisoient pour M. Foucquet les personnes puissantes en argent et en crédit, dont j'ai parlé. M. Foucquet faisoit ces grandes avances par nécessité, non par volonté; il n'en fit jamais, sans espérer pour le moins de n'en plus faire de sa vie. Pourquoi plus

de mémoires d'une chose qu'il n'étoit
nullement résolu de continuer? il en
avoit d'ailleurs de trop bons, de trop
grands témoins; S. M. l'est elle-même
depuis qu'elle prend tant de soin de ses
affaires : S. E. diroit le reste si elle vivoit ; les lettres en marqueroient une
partie si on ne les avoit pas soustraites :
je le dis affirmativement aujourd'hui ,
parce qu'on le sait avec certitude. Mais
M. Foucquet n'avoit besoin de nul témoignage ; les billets de l'épargne qu'il recevoit pour décharge en faisant ces
grandes avances, étoient les billets et
les promesses du Roi même; il les a
rendus à S. M. ou à son épargne, en se
remboursant, comme ceux dont il empruntoit lui-même tous les jours (je ne
le saurois trop répéter), lui ont rendu
les siens lorsqu'il a pu les acquitter : y a-
t-il rien de plus semblable, de plus naturel, ni de plus juste ?

Je passe plus avant, nul surintendant n'a jamais compté; et cependant il n'y a nul surintendant dont on se souvienne qui n'ait avancé pour le Roi en des occasions pressées et capitales, retiré son remboursement, et fait encore d'autres avances; mais il le faisoit jusqu'à deux cent mille livres, à cent mille écus, qui, réitérés souvent, pouvoient revenir à des millions; et ces surintendans pensoient avoir fait une action mémorable qu'on leur devoit compter pour beaucoup. Ils sont innocens; cependant, c'est M. Foucquet qui est criminel, parce qu'il a fait pour des millions tout à la fois ce que les autres faisoient pour cent mille écus, parce qu'en son temps la nécessité a été plus grande, qu'il a été plus pressé, qu'on l'a traité avec plus d'empire, qu'il a mieux obéi, mieux servi, qu'il a eu plus de soumission, plus de courage, dites, si vous voulez,

voulez, plus de témérité, plus d'impru-
dence; mais je ne le dirai pas, ni son
zèle ne le mérite, ni la bonté et la justice
du Roi ne semblent le permettre.

Désarmons tout-à-fait l'envie; vous
voulez appeler maniement ce qui ne
l'est pas : encore que le sens commun,
que la langue, que toutes choses récla-
ment contre cette vaine subtilité, je le
veux pour un moment, soit, j'y consens.
Mais pourquoi n'appellerez-vous pas
du moins compte ce qui l'est en effet?
Pourquoi, ce qui ne se fit jamais, ni en
finances, ni en autre affaire, voulez-
vous deux comptes divers d'une même
chose, d'un seul maniement? quel compte demandez-vous? Vous l'avez à l'épargne et à la chambre des comptes; et
M. Foucquet n'a pu rien toucher, rien
consommer, rien dissiper qu'en vertu des
assignations que vous y trouverez. Mais
nous trouvons, me dites-vous, des assi-

D

gnations suspectes, nous n'en savons pas
la cause, le registre de l'épargne ne la
dit pas. Il ne le doit pas aussi; allez au
registre des fonds qui les doit dire, s'il
a été bien tenu. Il ne l'a pas été, dites-
vous : je n'en sais rien; mais à qui en
seroit la faute ? M. Foucquet seroit coupable, si celui qu'il n'a point choisi,
qu'il n'a point nommé pour cette place,
qu'on lui a donné pour l'observer, pour
l'éclairer, qui a dû tout voir, tout écrire, qui l'a pu sans peine, comme je l'ai
montré, ou l'avoit négligé, ou ne l'a-
voit pas voulu, ou s'en étoit déchargé sur
d'autres qui ne l'eussent pas voulu, qui
l'eussent négligé de même. Falloit-il que
M. Foucquet tint un autre compte que celui que le Roi même, que S. E. faisoient
tenir? Oui, sans doute, afin de passer
pour comptable, afin de déroger à sa
charge, afin d'éterniser la mémoire de
ces avances glorieuses, sans doute si on

les prend bien, mais pour lesquelles vous le traitez aujourd'hui d'homme d'affaires, de prêteur, d'usurier, dont vous lui faites une infamie et un crime.

J'en dis assez, j'en dis trop, j'ai honte de ma longueur; mais l'ignorance du public est grande sur ces matières, et l'artifice de nos ennemis plus grand encore. Ses commis, dit-on, recevoient directement l'argent et les billets des gens d'affaires, il faisoit l'épargne chez lui. L'expression est élégante et forte, elle sonne haut, elle fait impression; voyez cependant ce que c'est; ô crime énorme et épouvantable! Ces billets et cet argent étoient dus, à la vérité, à M. Foucquet pour ses remboursemens; mais ils devoient passer à la rue Saint-Louis, ou à la Place Royale, ou auprès du Pont Rouge, et s'y reposer jusqu'au lendemain; et cependant on les portoit tout droit à la rue Michel-le-Comte, ou

D 2

à celle des Petits-Champs. Vain fantô-
me, que vous voulez nous donner pour
quelque chose de bien solide et de bien
grand, comme si on ne savoit pas que
de tout temps, hors qu'on ne parle du
temps de Pharamond et de Mérouée,
le maniement de l'épargne s'est fait ou
en argent, ou en papier, qui est même
chose, excepté qu'il y a plus de facilité
en l'un qu'en l'autre, les sommes et sous
M. Foucquet, et toujours, ayant été
payées en mille lieux différens, mais
toujours sur les billets, quittances or
mandemens du trésorier de l'épargne,
ce qui produit même effet que s'il les
recevoit, excepté qu'on épargne la peine de compter deux fois. Comme si on
pouvoit ignorer qu'en l'année 1655,
qui fut la première, non de la charge,
mais de l'autorité de M. Foucquet, lorsqu'étant réglé avec M. Servien par S. E.,
il eut en partage de faire les fonds; ce

fut lui, tout au contraire, qui commença de les faire porter presque tous effectivement à l'épargne, où les années pré-
cédentes on n'en voyoit presque point,
tout étant payé sur les billets de l'épargne par les traitans avec des abus infinis,
par où l'on faisoit perdre aux assignés,
ou une partie de leur dette pour compo-
ser, ou la dette toute entière, ou la
patience et le courage de la demander.

Que si dans les suites on s'est re-
lâché de faire passer tout l'argent effectif par l'épargne, ne pensez pas que
la seule commodité des affaires en fût
la cause, qui seroit pourtant suffisante
pour autoriser ce qui a été fait de
tout temps. On en avoit d'ailleurs (puisque l'importunité de nos ennemis nous
arrache tout ce détail); on en avoit
de solides, de fortes raisons. Une formalité qu'on n'a jamais bien observée,
ne le devoit pas emporter sur le bien

D 3

des affaires , sur l'utilité du service.

Imaginez-vous seulement l'état des choses , sans que je le répète : un surintendant toujours pressé, toujours avançant, et ne retirant ses avances que pour avancer encore. Il est dû au trésorier de l'épargne en exercice d'autres millions aussi. Persuadez-lui avec toute votre éloquence, que ce million qu'on va porter aujourd'hui dans ses coffres , que celui qu'on y portera dans trois jours, que vingt autres qu'on y portera de même ne lui doivent rien , qu'il n'en touchera pas un denier , et ne se remboursera que dans un an sur les tailles de Dauphiné ou de Guyenne. M. Foucquet répondoit seul de tout au premier ministre qui ne se payoit pas de trésoriers de l'épargne , ni de gens d'affaires, quand il falloit de l'argent, ou périr. M. Foucquet savoit, il avoit éprouvé en ses propres créatures, je ne dis pas en

des trésoriers de l'épargne , autorisés
de charges publiques et considérables
par leur qualité ; il avoit éprouvé , dis-
je , que hors de vouloir à tout moment
forcer toutes choses sans bienséance ,
sans pudeur, à quoi il n'étoit pas propre, celui qui reçoit est presque toujours le maître de la recette , dans laquelle (si elle est grande surtout) il est
impossible de voir jamais si clair ce
qu'il a touché , ou qu'il n'a point touché,
particulièrement , s'il n'a pas pour vous
l'attachement et la dépendance d'un domestique ; de sorte qu'il a de l'argent
quand il veut, qu'il n'en a point quand
il ne veut pas, chacun se piquant de
s'autoriser de son chef, de se faire des
amis, de faire plutôt sa volonté que
celle d'autrui, et affectionnant bien souvent le plus ce que le maître , ce que
le temps, ce que la nécessité du service demandent le moins. M. Foucquet

D 4

n'ignoroit pas que les machines si com-
posées, qui ont tant de roues, tant de
ressorts, si elles roulent à leur aise avec
plus de commodité et plus de pompe
dans les larges allées d'un jardin, ou sur
l'herbe d'une belle prairie, s'arrêtent,
s'embarrassent, se rompent bien plus
souvent que les autres dans les chemins
raboteux et rompus de la campagne;
et si vous voulez que je parle plus simplement, il savoit que ces mains différentes, utiles peut-être en un temps de
tranquillité et de repos, sont d'un retardement, sont d'un préjudice insigne
dans les temps difficiles, bonnes quand
on est à son aise, ne valant rien quand
on est pressé. Car enfin le surintendant
parlera à son commis, ce commis au
trésorier de l'épargne, ce trésorier à
son commis, ce commis quelquefois à
un moindre commis, qui va demander
et presser l'homme d'affaires, lequel ne

se presse pas , et ne sent presque plus
l'autorité et la force du commandement
affoiblie par tant de degrés. A la moindre
difficulté (et il y en a toujours à payer),
ne fût-elle que sur un mot dans une expédition , ce moindre commis reparle au
plus grand, celui-là au trésorier de l'épargne, le trésorier de l'épargne au surintendant , le surintendant à son commis qui
doit rendre compte de l'expédition du
calcul , et de toutes ses circonstances,
chacun de ces degrés-là a ses négligen-
ces, ses retardemens, ses embarras, son
indulgence du moins pour un ami : on a
beau dire à tout moment , les momens
sont précieux, attendez que la machine
ait tourné et retourné. Mais les momens
volent cependant; et les jours, et les semaines, et les mois; et les troupes pé-
rissent, et Saint-Germain et Fontaine-
bleau tombent, et la maison du Roi ne
peut plus marcher.

D 5

Mais qu'est-il besoin de tant de raisons contre ce prétendu maniement ?
j'ai tort, il ne me falloit qu'une grande
autorité, qu'un grand exemple, qu'un
seul témoignage, mais au-dessus de toute
exception et de tout reproche. C'est
celui de S. E. même, de qui, sans folie
ou sans stupidité, on ne peut ignorer ni
la sagesse, ni les services; elle étoit
chargée de ce grand fardeau que notre
incomparable Monarque porte si glo-
rieusement aujourd'hui, mais chargée
plus particulièrement de la guerre, des
ambassades, de certaines dépenses, de
la maison du Roi, et d'autres affaires se-
crètes. Pour ces sortes de choses dont
le soin la regardoit, dont, pour ainsi
dire, elle prenoit sur elle l'honneur et
le blâme tout entier, a-t-elle voulu passer par cette longue et ennuyeuse machine que nous venons de représenter ?
Nullement, elle a voulu un fonds à part

et certain , payé par mois entre les
mains de certaines personnes qu'elle a
commises , dont la distribution se faisoit
par ses ordres particuliers , sur ses propres billets , sans que le surintendant ni
l'épargne se mêlassent d'autre chose
que de signer et expédier les décharges
nécessaires , ainsi qu'il leur étoit com-
mandé. Mais quel fonds encore étoit
celui-là, petit ou médiocre peut-être ?
(Je n'en parlerois pas si M. Foucquet
n'avoit été contraint d'en parler , et si
la chose n'étoit publique.) C'étoit un
fonds de vingt millions de livres par an ,
sans compter les extraordinaires toujours ordinaires en matière d'Etat et de
dépenses. Vingt millions qui faisoient, il
n'y a pas encore long-temps , tout le revenu de l'Etat, qui aujourd'hui même
étant donnés clairs et nets comme ils l'é-
toient, en font une si grande et si considérable partie. Et que direz-vous encore

D 6

(ceci est considérable, et les registres
des commis de M. Foucquet en font foi);
que direz-vous si quand on n'a point
passé par l'épargne, le plus souvent,
presque toujours, ç'a été pour aller plus
droit et promptement à S. E. qu'il falloit contenter. Cela n'est pas difficile à
comprendre ; car ce million, par exemple, dont M. Foucquet se rembourse aujourd'hui pour l'avancer demain, encore doit-il le toucher ; votre rigueur
n'ira pas, à mon avis, jusqu'à le lui défendre, autrement il semblera qu'il ne
s'en rembourse pas, que ce n'est pas lui
qui fournit et qui avance. Cependant si
ce million va premièrement à l'épargne,
puis au commis de M. Foucquet, faites
toute la diligence qu'il vous plaira, encore l'épargne vous fera-t-elle perdre
quelques jours, et il y en a plus de huit
ou plus de quinze que S. E. a parlé. M.
de Vilacerf, M. Picon, ou un autre,

pressent et sollicitent à toutes les heures
pour elle, qui ne se formalisera point,
je vous en assure, d'une diligence exces-
sive un peu au-delà des formes, mais
très-volontiers d'un petit retardement.
Et quand ces fonds ne pouvoient venir
assez régulièrement, assez ponctuelle-
ment dans les termes ordonnés, ne fai-
soit-elle pas aussi; (qui sera maintenant
si ridicule d'y trouver à dire, et de condamner un effet de son zèle?) ne faisoit-
elle pas aussi des avances et des prêts,
mais de sommes fortes et considérables,
jusqu'à faire craindre à ses serviteurs,
en certain temps, que sa fortune toute
haute, toute florissante qu'elle étoit,
n'y fût un peu trop engagée?

Supposons maintenant, ce qui ne pouvoit être, mais qui se peut supposer,
qu'avec la chicane, dirai-je, la chicane
ou la chimère du maniement, elle mé-
riteroit un nom encore plus odieux, si

elle s'en prenoit à un si grand homme;
mais enfin supposons qu'avec ce prétexte, ou chicaneur, ou chimérique,
on lui eût demandé un compte de ce
prétendu maniement, en conscience
quel homme de bon sens lui eût pu con-
seiller d'autre harangue que celle de
Scipion : Voici mes registres, je les ap-
porte, mais c'est pour les déchirer. En
ce même jour je signai, il y a un an, la
paix générale et le mariage du Roi qui
ont rendu le repos à l'Europe, allons-en
renouveler la mémoire au pied des autels. M'oserez-vous parler de ces armées
qui ont toujours triomphé ; de ces ambassades par qui j'avois arraché aux
ennemis de mon maître jusqu'à la couronne impériale, si celui à qui il la
donnoit eut eu seulement la force de
dire, oui, et de la prendre ?

Je sais bien qu'il n'y a point aujour-
d'hui de comparaison à faire entre le

plus profond abîme de l'infortune et le plus haut comble de gloire et de bonheur : que rien ne se peut égaler aux services d'un tel ministre. Mais s'il y avoit autrefois des triomphes pour les généraux, il y avoit au-dessous mille couronnes et mille prix militaires ; et je l'ose dire, s'il pouvoit manquer quelque chose à la prospérité et à l'illustre mémoire de ce grand homme, si l'on pouvoit y rien ajouter par le souhait, ce seroit sans doute que ceux qui ont marché et combattu sous ses ordres, suivissent son char, non pas en ennemis subjugués, en esclaves malheureux et chargés de chaînes, mais en soldats victorieux, et les chansons dans la bouche, non pleines de licence et d'injures comme parmi les Romains, mais d'acclamations, de bénédictions et de louanges.

IV. *De l'affaire des six millions.*

Je viens à l'objection prétendue des
six millions, en laquelle (je suis obligé
de le protester d'abord) je combats
avec un extrême désavantage. C'est une
question de fait, et rien ne m'instruit
du fait pour le moins avec toutes ses
circonstances. J'ai voulu voir les registres de l'épargne, ils sont saisis, on
ne les voit plus. J'ai voulu m'éclaircir
de plusieurs choses; les uns ne le savent pas, les autres ne le disent pas,
les autres même ne le savent pas dire ;
mais ces lumières que nous n'avons
point encore, viendront un jour, s'il
plait à Dieu, nous l'espérons de la justice du Roi. Il sera permis de voir de
plus près ou l'erreur ou l'imposture,
de la suivre dans ses faux-fuyans, dans
ses détours, de la presser, de l'étouffer
dans ses plus noirs cachots, dans ses

plus sombres retraites. Ne perdons pas
cependant courage, la vérité est pour
nous. Couvrez ce soleil de mille nuages, il ne s'éclipsera pas ; s'il ne rayon-
ne, il éclairera pourtant, il fera toutefois assez de jour, il dissipera néanmoins
les ténèbres. Mais allons par ordre sans
confondre, comme on a fait partout
Paris, billets, ordonnances, aliéna-
tions, réassignations. L'ami se fait toutes choses pour son ami, soyons financiers pour le nôtre. Qui sait s'il ne sera
point en notre pouvoir de démêler ces
nœuds gordiens sans les rompre, de
rendre clair ce qui est obscur, familier
ce qui est inconnu, élégant même ce
qui paroît barbare, intelligible à tout
le monde cet ordre et ce style des finances qu'on n'entend pas, fondé néanmoins en raison, en loi, en maximes de
bon sens, encore qu'on en abuse quelquefois contre son institution, comme

de toutes les lois et de toutes les choses humaines.

La plupart du peuple a cru d'abord à ce grand bruit que c'étoit une aliénation faite par le Roi, et des rentes créées pour six millions, dont S. M. n'avoit rien touché. Cela n'est pas.

Quelques-uns se sont persuadés que M. Foucquet ayant un jour besoin d'une somme si légère, avec une ordonnance de six lignes qu'il signoit seul, avoit envoyé la prendre à l'épargne, où aussi-bien il y en avoit toujours de reste. J'assurerai bien que ce n'est point cela encore.

Qu'est-ce donc? Je ne le puis bien faire comprendre sans expliquer quelques termes, sans poser quelques règles de finances toutes certaines et indubitables, le plus brièvement qu'il se pourra; si la matière n'est belle, elle est nouvelle et singulière du moins; les

livres l'ignorent, les hommes la ca-
chent, on ne la trouvera point ailleurs.

Ordonnance, est un ordre ou commandement au trésorier de l'épargne,
tantôt sous le propre nom du Roi,
tantôt sous celui du conseil, tantôt sous
celui du surintendant seul, suivant la
nature des affaires, de payer, en termes
généraux, certaine somme.

Assignation, est un ordre particulier,
mis au bas de cet ordre général pour
faire payer cette somme sur un certain
fonds, lequel ordre est signé tantôt par
le surintendant seul, aux ordonnances
qui sont sous son nom ou sous celui
du Roi; tantôt par plusieurs personnes
avec lui, lorsque l'ordonnance est sous
le nom du conseil, car alors elle est
aussi signée par le chef du conseil,
chancelier ou garde des sceaux, par
celui qui tient le registre des fonds, et
quelquefois encore par un intendant des

finances, comme rapporteur, ces ordonnances tenant de la nature des arrêts, et se nommant ordonnances du conseil.

Toutes les ordonnances, si l'on veut en être payé, doivent être assignées, et étant assignées se doivent porter au trésorier de l'épargne. Il n'est pas tenu de vous payer, si le fonds n'est déjà réellement en ses mains. Attendez qu'il soit venu, c'est-à-dire, des années quelquefois. Quand il l'aura reçu du traitant, du receveur ou du fermier, et lui en aura fait quittance, alors, si l'ordre ne change, il vous payera ; cependant pour ne pas vous laisser sans consolation, pour la facilité des affaires, pour mille autres raisons longues à dire, il vous donne au lieu de votre ordonnance son billet, qu'on nomme billet de l'épargne.

Ce billet porte, qu'il tiendra compte

à un tel, traitant, fermier ou receveur, nommant ou laissant le nom en blanc, d'une telle somme, qui est la vôtre, sur un tel payement, d'un tel fonds, et lui en fournira sa quittance. C'est une espèce de mandement, afin que si le payement est échu, si sans cela même le surintendant désire de vous faire payer, et en donne son ordre et sa permission en particulier, ce traitant, fermier ou receveur le puisse faire sans crainte, assuré qu'en rapportant ce billet, le trésorier de l'épargne ne lui peut refuser sa quittance de cette partie du fonds, comme s'il l'avoit lui-même reçue.

Si vous croyez ne pouvoir être payé de toute la somme, mais de partie, ou si pour d'autres raisons, et il y en peut avoir mille, vous désirez de partager cette somme en plusieurs moindres; le trésorier de l'épargne au lieu d'une seule ordonnance que vous lui donnez, vous

donne plusieurs billets. Ceux qui se sont
étonnés d'en voir trente-six au lieu d'une
ordonnance de plusieurs millions, sont
étrangers au pays des finances, et quelque habiles qu'ils puissent être d'ailleurs, ils représentent le grand Alexandre voulant parler des secrets de la peinture et des couleurs devant les élèves
d'Apelle. Car enfin, s'il étoit besoin de
diviser, de couper, c'est le terme, chacun de ces trente-six billets en trente-six
autres, pourvu que la somme totale et
le fonds fussent toujours les mêmes, il
n'y auroit là rien que dans l'ordre, rien
qu'on ne fasse, qu'on ne doive faire tous
les jours.

Encore que les ordonnances portent
toutes qu'on payera comptant, il y en a
par lesquelles on n'entend pas qu'il soit
rien payé, mais seulement que le trésorier de l'épargne fasse une recette et une
dépense imaginaires par fiction de droit,

terme que l'épargne ne connoît point et trouvera nouveau, mais qui sera familier à la chambre de justice. Par exemple, on ne peut en France constituer une rente, ni sur un particulier, ni sur le Roi, qu'au denier dix-huit; les ordonnances royales y résistent, les compagnies où la vérification est nécessaire ne sauroient vérifier autrement, ni les rentes être reçues à l'hôtel-de-ville. Le Roi est contraint d'en constituer; il s'en faut bien qu'il ne trouve des acheteurs à ce prix. Laissera-t-on perdre l'Etat? Non; mais par cette fiction de droit, comme il s'en voit une infinité dans nos lois et dans les romaines, il feindra de recevoir et de donner ensuite ce qu'il ne donne ni ne reçoit. On suppute donc la différence entre ce qu'il touche véritablement, et ce qu'il toucheroit au denier dix-huit, entre le fonds effectif et le fonds imaginaire; et cette somme quand on l'a supputée, le Roi ordonne que son trésorier la payera à un nom le plus souvent inconnu, ou pour mieux dire, il ordonne que son trésorier en expédiera les quittances. Et pour donner en passant cet avis à S. M. et au public, ces derniers termes d'expédier ou de livrer ses quittances, par lesquels on conserve tout ensemble et laisse entrevoir la fiction, sont meilleurs sans comparaison en ces sortes d'ordonnances, que ceux *de payer comptant*, dont on se sert si souvent, qui effrayent, qui portent la fiction trop loin, qui laissent croire que S. M. a pris tout d'un coup plusieurs millions de l'épargne, pour en faire une pure libéralité.

Ces ordonnances de différence de fonds (on les nomme ainsi) sont ordonnances du conseil, signées par toutes les personnes que j'ai marquées ci-dessus.

On les convertit en autant de billets qu'on

qu'on veut, de même que les autres.

Si le traité qui a donné lieu à ces ordonnances est révoqué, on doit faire rapporter l'ordonnance ou les billets pour les croiser et biffer, afin qu'ils demeurent nuls. Et comme la révocation ne se fait jamais que par arrêt, ou autre acte public du conseil, tous ceux qui signent cette révocation, les mêmes qui qui ont signé l'ordonnance, la doivent biffer ou voir biffée, et n'y manquent point, si quelque surprise ou quelque grande, pressante et importante raison ne l'empêche. Et cette obligation générale est encore plus particulière et plus expresse, non-seulement aux deux surintendans, s'il y en a deux, comme il y en avoit deux en l'année 1658, mais aussi à celui qui tient le registre des fonds, dont la fonction capitale est, tant qu'un traité subsiste, d'en représenter le fonds aux surintendans, afin qu'ils

E

puissent assigner dessus, et quand le
traité est révoqué, de décharger son
registre de ce fonds-là, tant en recette
qu'en dépense, en faisant rapporter les
ordonnances de comptant, qui n'étoient
qu'expéditions nécessaires de ce traité,
et les billets qui en sont provenus. Quand
même les billets ne seroient pas biffés,
ils sont nuls d'eux-mêmes, et ne valent
plus rien.

Les billets de l'épargne, parlant généralement, ne portent point sur le front,
chacun : *Je viens d'une telle ordonnan-*
ce, ou surprise, ou légitimement expé-
diée un tel jour, ils se ressemblent tous;
la plupart ne sont point cotés au haut
de la feuille, les autres le sont, mais
d'un seul mot qui n'explique point, qui
fait quelquefois tomber en erreur, de
sorte qu'entre les billets, comme entre
les hommes, les mauvais ne sont pas
distingués des bons par la seule vue, et

les hypocrites sont quelquefois ceux qui parlent le mieux en gens de bien. Il faut pour reconnoître un mauvais billet, l'étudier hors de lui-même, sur un registre de l'épargne, ou sur plusieurs, ou sur ceux de plusieurs épargnes, où il a passé et repassé, le suivre jusqu'au bout, remonter jusqu'à sa source, où l'on trouve enfin ce qu'il est, et d'où il vient.

Dans la nécessité des affaires, dans la multitude infinie de demandeurs qu'il faut ou payer ou appaiser, on assigne presque toujours sur un fonds trois et quatre fois plus qu'il ne peut porter, et en cela comme en toutes les choses du monde, *beaucoup d'appelés, peu d'élus.*

C'est ce qui donne lieu à la réassignation des billets, c'est-à-dire, à un second ordre de payer sur un autre fonds. Cette réassignation se fait en deux sortes, tantôt sur le billet seulement, tantôt sur les ordonnances qu'on nomme remises, ou

E 2

ordonnances de remise. La suite expliquera cette diversité.

Il y a trois trésoriers de l'épargne qui sont en exercice de leur charge tour à tour par année. Si vous commencez en 1658, c'est M. Jeanin de Castille ; en 1659. M. de la Basinière ; en 1660, M. de Guénégaud ; en 1661, revient M. Jeanin de Castille.

Chacun de ces exercices (on les nomme ainsi) rend son compte à part à la chambre. Ils doivent pour la netteté des comptes, n'avoir rien de commun, ni qui soit mélé ensemble, non pas même les deux divers exercices d'un même trésorier, qui est en cela aussi étranger à lui-même qu'à ses confrères.

Hors l'année d'exercice, chacun expédie ce qui regarde cet exercice-là, et rien plus ; les deux années hors d'exercice se rapportent à la précédente . non à celle qui suit ; ce que M. Jeanin expédie en décembre 1660, n'est pas de 1661 qui va commencer, mais de 1658.

Quand on réassigne un billet de l'un de ces exercices, qu'on appelle aussi *épargnes*, sur un fonds du même exercice, la réassignation se fait au pied du billet seulement.

Quand on réassigne un billet sur un fonds d'un autre exercice, cela ne se peut que par une ou plusieurs ordonnances de remise. Voici quel en est l'usage et le fondement.

Posons que le billet est de M. Jeanin 1658. Vous voulez le faire payer d'un fonds que reçoit M. de la Basinière en 1659 ? Il faut conserver en leur entier les intérêts et les fonctions des deux confrères, et la netteté de leurs comptes. L'un doit payer toute la dépense de 1658, dont ce billet fait partie ; l'autre doit aussi recevoir et payer tout son fonds de 1659, sur lequel on a réassigné

E 3

ce billet ; comment les accorder ? Par une fiction de droit encore , en supposant que M. de la Basinière remet et paye à M. Jeanin la somme de ce billet (ainsi il reçoit et emploie tout son fonds de 1659), et que M. Jeanin ayant reçu de lui cette somme en acquitte son billet : ainsi il paye toute sa dépense de 1658. Cependant la recette et la dépense effective se fait chez M. de la Basinière : M. Jeanin ne reçoit et ne paye que par fiction.

On expédie donc sur ce billet une ordonnance de remise, par laquelle sans expliquer la nature du billet ni de la dépense , assez expliquée ailleurs, c'est-à-dire , dans la première ordonnance qui a enfanté ce billet , on ordonne en quatre mots à M. de la Basinière * de remet-

* Il est ordonné au sieur de la Basinière, trésorier de l'épargne, que des deniers de sa charge de l'année 1659, il remette ès mains

tre des deniers de sa charge de 1659,
telle somme à M. Jeanin son confrère,
pour employer au fait de sa charge de
1658, ainsi qu'il lui avoit été ordonné.
Et cette remise s'attache sur le billet,
et porte la réassignation au bas sur un
fonds, sur plusieurs, ainsi qu'il est jugé
à propos.

Cette ordonnance s'attache sur le billet, non pas avec des clous de diamans,
comme parlent les anciens, que l'on ne
puisse pas rompre, ni avec un sceau
que l'on ne puisse contrefaire ni altérer,
mais avec une épingle seulement; de

du sieur Jeanin de Castille son confrère, la
somme d'un million de livres, pour employer
au fait de sa charge de l'année 1658, ainsi qu'il
lui a été ordonné. Fait à Paris, ce 9 juin 1659.
Sur les gabelles de France 1659, cinq cent
mille livres. Sur les entrées de Paris 1659, trois
cent mille livres. Sur les cinq grosses fermes,
cent mille livres. Signé, etc.

E 4

sorte que toute main qui approche seulement des finances, tout solliciteur,
tout valet peut détacher aisément l'ordonnance du billet ou des billets (car
on en met autant qu'on veut sous une
seule remise, pourvu qu'ils soient de même exercice, et composent ensemble la
somme portée par la remise); tout solliciteur, dis-je, tout valet peut substituer à la place d'un ou plusieurs billets
excellens, d'autres billets moins bons,
si la crainte d'être découvert ne l'en
empêche. Et il peut arriver qu'il soit découvert en plusieurs façons, surtout si
le registre des fonds dont j'ai parlé ci-
dessus fait son devoir. Car en confron-
tant de temps en temps, de jour en jour,
les bonnes dépenses que l'on sait être effectivement payées, avec celles qu'on a
portées à l'épargne, on verra s'il y a eu
changement de billets ; ce changement
n'empêchant pas le payement de ceux

à qui étoient les bons billets, mais donnant seulement au solliciteur de meilleurs billets au lieu d'autres moindres, qu'il avoit peut-être surpris ou dérobés.

Avec cette ordonnance de remise, à suivre votre lumière naturelle, vous iriez chez M. de la Basinière le prier d'envoyer bientôt cette somme à M. Jeanin, afin que M. Jeanin vous puisse payer. Il le faudroit dans la vérité, mais non pas dans la fiction. Allez, au contraire, chez M. Jeanin, il reprendra son billet de 1658, vous donnera sa quittance de cette somme, à la décharge de M. de la Basinière, comme s'il l'avoit reçue de lui. Avec cette quittance et l'ordonnance de remise, M. de la Basinière vous payera de son fonds de 1659, ou vous donnera son billet pour en être payé.

Le billet que vous avez rendu à M. Jeanin n'est point gardé chez lui; il le

E 5

déchire, et avec raison, comme il l'auroit déchiré si le traitant vous avoit
payé, et le lui eût rapporté pour le con-
vertir en quittance. La quittance qu'il
donne à son confrère fait même effet.
On ne garde point deux actes d'une même chose, non plus qu'une promesse
quand on l'a changée en obligation.
Vous déchargez véritablement M. Jeanin de ce billet qu'il devoit payer, et
qui fait partie des dépenses à lui ordon-
nées pour 1658, et compris dans son
compte; mais vous chargez d'un autre
côté sa recette d'autant, puisqu'il paroît
avoir reçu cette somme de son confrère
pour l'employer. Et quant à l'assignation sur un tel fonds, comme il la faut
conserver pour en faire foi, elle se conserve sur la remise chez M. de la Basinière qui compte du fonds, et M. Jeanin
de la somme seule imaginairement reçue, imaginairement employée.

Je suis long en ces matières embarras-
sées, mais je cherche à instruire, à justifier, non pas à plaire. Je ne dis rien
dont vous ne remarquiez tantôt l'usage,
l'importance, la nécessité; ajoutons-y
un mot encore.

Nous avons supposé que ce billet réassigné étoit de 1658, et qu'il étoit réassigné sur un fonds de 1659. Il n'y a là
qu'une année entre deux, qu'un seul
changement d'exercice; mais quand on
réassigne un billet d'un exercice plus
éloigné, il ne faut pas seulement une
remise, mais deux, mais quelquefois
trois, il ne seroit pas impossible qu'il
en fallût jusqu'à quatre. Supposez que
ce billet de 1658 est réassigné en 1661.
C'est encore M. Jeanin; mais lui en
1658, et lui en 1661, sont deux, et
n'ont rien de commun ensemble. Il est
étranger à lui-même, comme j'ai dit,
autant qu'un de ses confrères; et non-

E 6

seulement autant, mais en quelque sorte davantage, car il ne peut pas se remettre cette somme à lui-même comme il feroit à un confrère, ni la faire passer d'un de ses comptes à l'autre; tout l'ordre en seroit troublé; il faut compter sur des quittances que M. Jeanin ne peut pas faire, et donner à M. Jeanin.

On fait donc alors deux ordonnances de remise, comme celle que vous venez de voir; l'une ordonnant à M. de la Basinière de remettre de son fonds de 1659 à M. Jeanin pour son exercice de 1658, l'autre ordonnant à M. Jeanin lui-même de remettre de son fonds de 1661 à M. de la Basinière 1659. On pourroit, si l'on vouloit, mettre M. de Guénégaud 1660, au lieu de M. de la Basinière 1659 en l'une et en l'autre remise, mais toujours il faudroit deux remises: car enfin on ne peut aller de M. Jeanin à M. Jeanin que par l'un ou par l'autre de ses confrères; choisissez des deux chemins celui que vous aimerez le mieux , mais l'un n'est pas plus court que l'autre; puisque suivant le même ordre renversé que je vous ai déjà présenté , M. Jeanin reprend et déchire son billet de 1658, vous donne pour cela sa quittance , à la décharge de M. de la Basinière 1659 , qui sur cette quittance, et sur une des remises que vous lui laissez, vous donne sa quittance à la décharge de M. Jeanin 1661 , et avec cette quittance , et l'autre remise que vous donnez à M. Jeanin, il vous paye, ou vous donne son billet de 1661 pour être payé.

Quand il y a double remise , il y a double facilité de substituer des billets ; car on en peut substituer ou de ceux de M. Jeanin 1658, en se servant des deux remises ; ou de ceux de M. de la Basinière 1659 , en supprimant l'une des remises , et employant seulement l'autre.

Et si le billet eût été de 1655 au lieu de 1658, il faudroit, par le même ordre, triple remise, qui feroit triple facilité.

Et si vous le supposiez de 1654, il faudroit quatre remises. Mais rarement arriveroit-il qu'en 1661 un trésorier de l'épargne n'eût pas rendu son compte à la chambre de l'exercice de 1654 ; et si le compte est rendu, les billets de cet exercice ne se réassignent plus de la sorte ; l'exercice et le maniement sont consommés ; il n'en faut plus parler, les billets ne sont plus rien, sont inutiles, sont morts, encore qu'ils soient toujours dus par le Roi. Mais pour faire ici, en passant, une remarque curieuse et nouvelle en faveur de ceux qui aiment à considérer les choses dans leurs principes : les dettes du Roi, tout au contraire de celles des particuliers, plus elles vieillissent moins elles ont de priviléges, perdent en quelque sorte de jour en jour la

force de leur hypothèque ; parce que le
particulier, esclave des lois civiles, est
toujours tenu de payer entre ses dettes
celle qu'il eût dû payer la première ; de
suivre toujours l'ordre de son obligation, et non pas celui de son utilité ou
de son plaisir : au lieu que le Roi recon-
noît une autre loi supérieure aux lois
civiles, un autre ordre dans ses actions,
qui est celui de l'utilité publique, suivant lequel il est très-souvent plus juste, parce qu'il est plus nécessaire de
payer ce qu'on doit d'hier ou d'aujour-
d'hui, que ce qu'on doit depuis vingt
années. De quoi il ne faut pas s'étonner,
puisque cette utilité publique a étendu
son empire jusque sur les affaires des
particuliers dans la prescription ; et que
la même dette, qui en cet instant à la
veille de la trentième année, est la meilleure et la plus privilégiée de toutes,
dès demain même, ou dans une heure

d'ici si vous voulez, n'est pas seulement la moindre de toutes, mais n'est plus dette du tout. Mais revenons à notre sujet.

Voulez-vous être payé d'un de ces billets de quelque exercice dont l'épargne a compté ? Il faut le faire revivre, le ressusciter, lui donner un nouvel être par la même puissance qui lui avoit donné le premier. Il faut que le Roi ou son conseil ordonnent le payement par une ordonnance de comptant sur ce billet, comme ils le feroient sans ce billet même.

Pour ne venir pas si souvent à ce miracle, pour conserver le droit des particuliers à qui le Roi doit toujours, soit que son trésorier compte ou ne compte pas, on a reçu et mis en usage de faire qu'un billet se renouvelle tous les ans si l'on veut, et passe d'un épargne, ou d'un exercice à un autre, sur le même

fonds où il est assigné sans nulle grâce,
mais par une simple expédition de justice, et qui ne se refuse point. Cela se
fait avec des remises semblables à celle
que vous avez vue en note, mais toujours sur les mêmes fonds. Le billet étoit
de 1655; il sera successivement de
1656, de 1657, de 1658, ou 59, comme
si chacun de ces trésoriers de l'épargne,
ou de ces exercices le devoient payer,
encore qu'aucun ne le paye. Il demeure
toujours dans sa première stérilité; il ne
devient ni meilleur, ni plus important,
ni plus heureux; il rajeunit seulement,
il s'éloigne de cette mort des billets dont
j'ai parlé, pour voir si en vivant plus
long-temps il n'aura point quelque meilleure fortune.

Cependant ces remises ordinaires, et
de la forme seulement qui sont infinies
en nombre, donnent une facilité sans
pareille pour substituer de moindres ou

mauvais billets au lieu des bons : car
sans qu'il en coûte rien, vous aurez des
remises dont vous n'êtes point obligé de
vous servir pour les billets sur lesquels
on les a expédiées, et vous en aurez pour
toutes les années qu'il vous plaira, selon
les billets que vous voudrez substituer,
comme il est aisé de le comprendre par
tout ce que j'en ai déjà dit.

Voilà nos principes constans et nos
élémens de l'épargne. Venons maintenant à l'objection des six millions. Je se-
rai court ; je l'ai presque réfutée sans la
réfuter ; je n'aurai presque qu'à appliquer en particulier ce que j'ai dit en général, afin qu'on ne pût le mettre en
dispute.

Il y eut, dit-on, un traité signé en
1638, pour une création de rentes sur
l'hôtel-de-ville, et en ce traité une ordonnance de six millions pour la différence de fonds, pareille à celles dont

j'ai expliqué la nature. Le traité fut révoqué ; les billets qui provenoient de
cette ordonnance devoient être rappor-
tés et biffés comme j'ai dit. Ils ne le furent point, on les trouve réassignés depuis sur de bons fonds ; si c'est en partie,
si c'est en tout, on ne le dit pas clairement ; on sait seulement que c'est en plusieurs années, en divers temps, par plusieurs personnes qu'ils ont été portés à
l'épargne.

En quoi il y a deux choses qu'on blâme : la première, qu'ils aient été con-
servés, non biffés ; la seconde, qu'étant
nuls, ils aient été réassignés pour consommer, dit-on, de bons fonds. Exa-
minons l'un après l'autre.

Quant aux billets non biffés, il y a
de l'abus et de la surprise ; mais ne m'o-
bligez point à répéter ce que j'ai dit, et
considérez que cette surprise, qui n'est
pas la centième de celles de même es-

pèce arrivées dans les finances sous
d'autres surintendans, ne regarde pas
M. Foucquet seul; mais tout autant de
personnes qui avoient signé l'ordonnance, et particulièrement son collègue,
son ancien qui vivoit en ce temps-là, et
celui qui tenoit le registre des fonds.
Quoi donc, accuserons-nous vivans et
morts? Porterons-nous nos yeux injustes
et peu respectueux vers le Ciel? Non,
ce n'est ici que l'ouvrage de la terre.
L'extravagance elle-même ne sauroit
se figurer un si bas, un si bizarre, un
si ridicule complot entre des supérieurs
élevés en dignité, en pensées, en mérite, contraires en intérêts, vivant avec
bien moins d'amitié que de jalousie et
de défiance. Que dirons-nous donc?
Nous dirons avec raison qu'aujourd'hui,
comme de tout temps, qu'en France
comme partout ailleurs, qu'entre les
grands hommes comme entre les autres

hommes, dans cet étrange accablement d'affaires, dans cette multitude infinie et confuse d'images différentes, de pensées, de desseins, dans cette rapide course d'emplois, de travaux, d'ambition, où l'on peut à peine s'arrêter un moment pour penser à soi-même, les supérieurs commandent quelquefois fort bien ce que les inférieurs exécutent fort mal ; que les choses se diffèrent sous divers prétextes, traînent, échappent, s'oublient, passent pour faites lorsqu'elles ne le sont point encore ; que l'intérêt est le père des inventions ; qu'il y a encore des Mercures assez adroits pour tromper tous les yeux ouverts, non pas d'un Argus, mais de plusieurs.

Quels sont les Mercures ? Je n'en dis rien, je n'en sais rien; ils sont coupables sans doute, mais faisons justice aux coupables mêmes. Ils n'ont pas voulu dérober six millions, ces billets ne leur

étoient pas nécessaires pour ce dessein ;
il y en avoit tant d'autres millions à ven-
dre à si bon marché. La difficulté n'est
pas d'avoir des billets, c'est de trouver des millions qui se laissent prendre.
Quel étoit donc leur dessein ? Il est visi-
ble ; d'avoir des billets qu'on vendroit
et revendroit, de s'en défaire, et d'en
tirer de l'argent : en quoi, comme le
crime est toujours ingénieux à se flatter,
qu'il ferme les yeux à l'avenir, qu'il se
fonde bien plus sur quelque mauvais
exemple que sur de bonnes raisons, ils
n'ont pas manqué de se dire à eux-mêmes
qu'ils faisoient un profit sans nuire à personne, que l'avenir penseroit à l'avenir,
que ce n'étoit rien qui n'eût été fait mille
et mille fois sous d'autres surintendans,
comme toute la terre le sait, dont pas
un n'en fut jamais ni accusé ni soupçon-
né, cette pensée passant généralement
pour trop basse, pour trop indigne dans

un emploi si élevé : tant la haine et l'envie sont malignes, sont injustes aujour-
d'hui plus qu'en ce temps-là ! tant il est
vrai que M. Foucquet surpasse en malheur tous les autres hommes !

Je ne pense pas qu'il faille insister davantage sur ce sujet , ni avec un plus
fort , ni plus long raisonnement. C'est
un de ces faits qui se persuadent d'eux-
mêmes, qui gagnent leur cause sans plai-
der , en se montrant seulement assistés
et éclairés, comme parlent les lois romaines * , de la splendeur de la vérité.

Il n'en est pas autrement en la seconde partie de cette objection , touchant
les mêmes billets réassignés , en laquelle
attendant mille éclaircissemens particuliers que le temps nous donnera , je
m'assure qu'on sera content de moi, si je
fais voir trois choses : que nulle appa-

---

* *Quibus splendor veritatis assistit et allu-*
cescit.

rence, nulle raison , nul bon sens , nul
sens commun ne permettent de croire
que M. Foucquet ait profité de ces
réassignations ; que ces billets qu'on prétend avoir consommé des millions, n'ont
peut - être pas consommé un denier ;
qu'ils pourroient avoir beaucoup consommé , sans que M. Foucquet fût coupable.

Quant à la première , comme j'abrège
autant que je puis, je ne veux pas même
faire valoir ces raisons , quoique très-
fortes , quoique très-considérables. Où
a-t-il trouvé tant de millions de reste à
prendre, lui qui engageoit tous les jours
tout ce qu'il avoit de plus cher au monde pour trouver de l'argent au Roi ? Où
sont-ils , puisqu'il n'a aucun bien , puisqu'il n'est pas seulement l'homme le plus
malheureux , mais le plus pauvre du
royaume ? Pourquoi douze millions de
dettes , si ces six millions étoient si fa-
ciles

ciles à dérober ? Je vous demanderai
seulement, vous qui l'accusez, pourquoi
employer de faux billets pour tant de
millions , puisqu'il s'en trouve dans ses
effets pour tant de millions de véritables , de légitimes, dont S. M. ne doute
pas elle - même , qu'il ne les ait payés
pour elle , et à sa décharge, puisqu'il
est constant qu'il a été éternellement en
avance , éternellement donc riche et
abondant en véritables billets? C'étoit
l'artifice, direz-vous; (car que pourriez-
vous dire davantage ?) montrer et garder ce qui lui étoit dû, prendre ce qui
ne lui devoit rien. Misérable artifice ,
bizarre artifice, si fin qu'il ne l'est plus,
si subtil qu'il devient grossier. Aimer
mieux dérober que se payer, prendre
avec crime et avec danger ce qu'on lui
arrachera peut-être demain , que re-
prendre avec innocence , avec sûreté
ce que s'il ne reprend aujourd'hui, peut-

F

être ne reprendra-t-il de sa vie. Si vous
le faites si malheureusement ingénieux,
au moins ce que vous ne sauriez me refuser, faites-le toujours semblable à lui-
même. Qu'il garde son caractère partout, qu'il ne soit pas Uylsse en un acte,
Ajax en un autre; autrement vous ne
serez pas seulement accusateurs peu véritables, mais poëtes peu industrieux.
Cet homme si excessivement fin, selon
vous, que fait-il en même temps? Il cou-
vre véritablement ses larcins avec une
grande finesse, il réassigne des billets
manifestement faux, afin que celui qui
tient le registre des fonds, qui doit, qui
peut voir tous les jours celui de l'épargne, en avertisse S. E., le convainque
dès le lendemain. Car ce qui peut être
obscur aujourd'hui étoit alors clair, certain et indubitable. Où est sa finesse?
qu'a-t-il fait de son esprit? qu'est de-
venu son sens commun? N'y avoit-il pas

au moins de véritables billets au monde, qu'on pouvoit changer avec ceux-là, qu'on pouvoit en tout cas acheter à si bon marché? Qu'il fasse fonds pour cela; et si les millions coûtent si peu à trouver, ou qu'il en prenne un peu moins à chaque fois, ou qu'il en prenne un peu davantage, et il les prendra du moins avec quelque sûreté.

Ce n'est pas ici le lieu de parler de son esprit, ni de sa capacité; nous ne sommes pas assez heureux pour penser à la gloire; le temps nous rendra peut-être ce qu'on nous ôte de ce côté-là. La postérité du moins, véritable chambre de justice, l'élite de tous les siècles, et de toutes les nations, fera là-dessus raison à tout le monde. Aujourd'hui je veux faire ce que vous m'ordonnerez; je prendrai M. Foucquet de votre main tel que vous l'aurez agréable, ou bon, ou méchant, ou solide, ou subtil, ou adroit et ingé-

nieux, ou maladroit et stupide : si bon,
il ne dérobera point, il aimera mieux
du moins se payer ; si méchant, il craindra, il tâchera du moins, puisqu'il le
peut, et si aisément, de couvrir son
crime ; si solide, il préférera un bien
légitime, certain, qu'on ne lui peut plus
ôter, à une espérance vaine, criminelle,
incertaine qui lui peut échapper à tous
momens ; si subtil, il fermera du moins
toutes les portes, toutes les ouvertures
par où il craindra qu'elle n'échappe ; si
maladroit et stupide, il ne pensera pas
même à cet excès de finesse qui dérobe
au lieu de se payer ; si adroit et ingénieux, il y pensera du moins avec plus
de précaution et plus d'adresse.

Jai bien moins songé à le défendre
que vous à l'accuser ; mais je ne vous
dirai rien qui ne soit plus vraisemblable.

Je dis, comme j'ai promis de le mon-

trer en second lieu, que ces fonds, qui,
selon vous, ont consommé des millions,
n'ont peut-être pas consommé un seul
denier. Que ce sont peut-être vaines réassignations sur de beaux noms sans effets, sur des fonds sans fonds. Rien de
meilleur en apparence que les fermes
du Roi. Mais en décembre 1660, être
assigné sur les gabelles de France 1661,
c'étoit être plus mal que sur les tailles
de 1670; l'un n'étoit pas, et n'est pas
encore, mais l'autre n'étoit déjà plus.
Le futur, tout incertain, tout douteux
qu'il est, a encore ou plus d'existence,
ou du moins plus d'espérance que le passé. Je dis de plus qu'en une autre manière, ces billets peuvent n'avoir rien
consommé qu'en apparence seulement,
que les mêmes personnes, ces Mercures
dont j'ai parlé, quels qu'ils soient, qui
avoient dérobé ces billets, soit qu'ils
aient voulu les déguiser seulement,

F 3

comme il est assez vraisemblable, ou
les faire déchirer, au lieu d'autres bons
billets qu'on réassignoit tous les jours,
ont pu, par le moyen des remises, ainsi
que je l'ai expliqué, substituer ces mé-
chans billets, et garder les bons, dont
les dépenses ne laissoient pas d'être ac-
quittées, quoiqu'ils demeurassent en ces
mains infidèles pour se répandre quelque temps après dans le commerce du
monde avec toute liberté. Je dis que cela s'est pu faire sans peine, non-seulement par une personne ou deux, mais
par cent, mais par mille; non-seulement
par des mains connues, mais par d'inconnues, mais par d'obscures, par le
dixième commis du commis, par le marchand, par le négociant des billets, par
le courtier du courtier, par le diminu-
tif du solliciteur, chacun pouvant aisément en avoir quelques-uns dont il se
vouloit défaire.

Voulez-vous que je passe au troisième point ? Je dis qu'en lisant le discours
au Roi, que je suppose toujours dans
celui-ci, vous verrez en combien de sortes légitimes, importantes, nécessaires, on se sert de la réassignation d'un
billet pour des dépenses grandes, mais
cachées, où il faut éviter la conséquence
et le bruit. Qu'une partie de ces trente-
six billets dont il s'agit, s'est peut-être
répandue dans le commerce entre les
mains de ceux qui en faisoient un si
grand trafic, que comme une monnaie
de bas aloi fait cacher toutes les autres,
parce qu'on les garde et qu'on se défait
de celle-ci, comme une étoffe de même
espèce, mais de moindre fabrique, arri-
vant à Paris, fait rentrer toutes les autres dans les magasins, parce qu'elles
sont de meilleure garde : ces mauvais
billets dont chaque vendeur se hâtoit
de se dessaisir, que chaque acheteur

trouvoit à un plus bas prix, ont fait re-
tirer et renfermer tous les autres, ont
seuls rempli le théâtre, occupé la scène
pour un temps, qu'il s'en peut être consommé quelques-uns, et beaucoup en
ces sortes d'occasions infinies dont un
surintendant ne peut ni se souvenir, ni
rendre compte, mais qui, de quelque
sévérité qu'on use, ne sauroient manquer de revenir tous les jours. Qu'en ces
sortes d'occasions on ne regarde presque
pas les billets quand on les réassigne,
parce qu'il ne s'agit pas d'une justice,
mais d'une grâce ou d'une nécessité; que
si vous voulez que je parle pour l'épargne même, elle ne les considère point,
parce que l'assignation lui suffit, parce
qu'elle ignore la révocation du traité,
parce qu'elle voit l'importance et la conséquence de l'emploi qui ne laisse nul
soupçon d'injustice.

Répondez. Y a-t-il en cela rien d'ab-

surde , rien d'extravagant , rien qui se
réfute de soi-même, rien que vous puissiez réfuter , rien qui n'entre dans l'esprit sans peine , rien qui ne trouve
créance parmi ceux que la passion n'a-
veuglera point ?

Quoi donc , lorsque je vous montre
si clairement que non pas une personne ,
mais cent , mais mille , obscures , bas-
ses , inconnues , capables de tout , ne
hasardant rien , n'ayant rien à perdre ,
peuvent avoir fait ce qui vous surprend;
que nulle apparence , nulle raison , nul
bons sens, nul sens commun ne peut
jeter ce soupçon sur d'autres , vous le
rejetterez toujours pourtant sur la tête
d'un surintendant et du trésorier de l'é-
pargne, que leur charge, que leur nom,
que leur honneur, que la multitude même de leurs envieux contiennent dans
le devoir, qu'on eût pu convaincre et
perdre le lendemain même , qui , s'ils

eussent voulu faillir, le pouvoient, le
devoient sans difficulté avec plus de précaution et d'artifice, dont une conduite
si ouverte, une si grande sécurité fait
assez voir l'innocence, qu'on doit en un
mot renvoyer absous par cette seule pré-
somption, comme ces deux frères d'autrefois trouvés endormis auprès de leur
père assassiné : nul ne pouvant conce-
voir qu'en deux personnes à la fois un
profond sommeil, un si tranquille repos
pût compatir avec un grand crime.

Vous croirez ce qu'il vous plaira de
croire, mais on ne vous croira pas. Où
sera le juge assez hardi, assez affamé de
faire un coupable, qui fasse tomber sur
un homme seul la faute qui peut être de
mille ? qui, s'il peut douter seulement,
s'il ne se trouve pas entièrement éclair-
ci, ne fasse plutôt en cette rencontre ce
que firent plus d'une fois les célèbres juges de l'Aréopage, quand ne pouvant

se déterminer ni se résoudre, ils ren-
voyèrent les parties à se représenter
dans cent ans? Où sera le juge, en un
mot, qui, parce que vous le direz, parce
qu'il le conjecturera, le présumera, ose
condamner le moindre des hommes, ce
qu'il ne doit ni ne peut selon la raison,
selon les lois, selon nos mœurs, quand
le ciel l'auroit instruit par une voie se-
crète, quand il sauroit, quand il seroit
assuré, si les choses alléguées et prou-
vées, si les actes, si les témoins ne fon-
dent, ne forment, ne produisent sans
autre secours sa connoissance, son as-
surance, sa certitude? D'où vient, pour
le dire en passant, qu'en tout interroga-
toire, quelque connoissance qu'on ait
de l'accensé et de ses affaires, on lui demande cent choses dont on ne doute
pas: s'il connoit, par exemple, un tel,
qu'on aura vu son domestique depuis
vingt ans, s'il a un frère qu'on tient peut-

F 6

être prisonnier à trois pas de là, comment s'appelle ce frère, à qui on l'a déjà demandé, comme il s'appelle lui-même ? Choses bien vaines et bien superflues en apparence, quand elles sont de la notoriété publique, quand tout le monde les sait, quand personne ne les peut ignorer. Mais on auroit beau les savoir si elles ne résultoient des procédures, si on ne les y trouvoit, si on ne les y voyoit, si on ne les y touchoit, un juge ne pourroit pas s'y fonder.

Qu'ai-je dit ! où sera le juge assez hardi, où sera plutôt l'homme assez inhumain et assez barbare pour n'être point touché de douleur et de pitié, s'il se représente, comme il faut, un si grand malheur ? J'ai fait voir qu'on ne peut imputer à M. Foucquet cette affaire de six millions quelle qu'elle soit. Que ce maniement prétendu est une chimère. Que ces avances qu'on lui reproche sont

des services glorieux. Qu'il ne doit point
avoir d'autre juge que le Roi; il en a
d'autres pourtant, je n'en dis rien davantage. Qu'il ne peut être tenu de compter; il comptera néanmoins; et ce qu'on
ne fit jamais, il comptera sans comptes, sans livres de lui, ni de ses commis, sans papiers, sans communication,
sans commerce, et pour comble d'infortune en ces affaires, si obscures d'elles-mêmes, si inexplicables de leur nature, faites et effacées depuis tant de
temps. Si son corps malade, si son esprit abattu de tant de douleurs, si sa mémoire et son imagination remplies de si
tristes images le font douter, le font hé-
siter, s'il ne sait point ce que les registres de l'épargne ne savent point, ce
que le registre des fonds qu'il ne tenoit
pas, qu'on tenoit pour lui, contre lui,
pourroit et devroit savoir. Ce n'est pas
ce registre qui a tort, c'est M. Foucquet

qui est criminel, qu'il faut traiter en coupable.

Mais de quoi nous sert la pitié publique que nous ayons sans doute pour nous, et on ne le peut ignorer; pitié qui redouble nos maux, ou du moins nos larmes en les consolant; pitié donce, mais inutile, si par mille sortes d'artifices que nous ne savons qu'en partie, on nous dérobe tous les jours celle des juges et des magistrats, et celle du Prince même !

V. *Contre ceux qui parlent maligne-ment du désordre des finances.*

Et ici je me vois arrivé à la dernière partie de mon travail; car j'entends déjà non pas les murmures confus, mais les voix hautes et raisonnantes de ces ennemis, et de ces malins déguisés en indifférens et en vertueux, qui ne parlent

en général que d'abus et que de désordres, qui ne prêchent que sévérité et
que rigueur, qui ne laissent point la
chambre ardente dans l'enclos du Palais
où S. M. l'a renfermée, mais la souf-
flent, la répandent et la dispersent dans
toutes les rues, dans toutes les maisons
de Paris. Ne seroit-ce point rendre office au public, non pas d'éteindre, il
n'appartient qu'au ciel même, mais d'a-
mortir du moins en quelques endroits
ce grand feu que tant de bouches allu-
ment, que tant de mains attisent, où
tant d'autres versent l'huile et le soufre
incessamment ? Je sais bien qu'ils ne
nous en veulent pas, ces violens exagéra-
teurs; ils auroient honte d'exciter une si
grande tempête contre la tête d'un seul.
Ils n'attaquent point M. Foucquet, mais
je ne le défends plus aussi. Il s'amusent
seulement, moi je m'exerce; il est permis en France d'abuser innocemment

de son esprit et de son loisir. Je n'irri-
terai personne en particulier, quand je
voudrois que tout le monde fût appaisé,
et mon nom que l'on saura dès demain, si
S. M. le désire, fera connoître du moins
quelque jour à tout le monde, que je n'ai
parlé ni par passion ni par intérêt. Il y
a de grands abus dans les finances sans
doute; mais où est-ce qu'il n'y en a point?
La corruption s'y est glissée, il est vrai;
mais où est-ce qu'elle n'a point pénétré?
Cette partie de l'État est bien malade;
mais quelle autre jouit d'une pleine et
d'une entière santé? Soyez sévère, vous
trouverez une infinité d'autres maux autant ou plus grands que celui-ci; soyez
indulgent, vous verrez qu'au milieu de
nos prospérités et de nos triomphes,
lorsque toutes les nations étrangères
portent envie à notre bonheur, nous ne
devons pas nous croire si misérables
pour ce mal que l'on nous veut tant faire

sentir, puisque nous en avons mille autres plus grands et plus fâcheux que la seule coutume nous rend insensibles.

Je ne vois presque rien de considérable en France que l'église, l'épée et la robe.

L'église est sacrée, n'y touchons point. Il falloit (disent les théologiens) une mission expresse au Fils de Dieu même pour chasser les marchands du temple. Quand même nous appréhenderions qu'ils y fussent revenus, quand nous y verrions des abus et des péculats en des richesses bien autres, en des trésors bien plus précieux que ceux du monde, ce ne seroit pas à nous d'en parler.

Voici cette belle et florissante noblesse, la gloire et la force de notre nation. Si nous lui disions qu'on murmure fort des violences (je ne veux pas dire tyrannies) dont elle fait gémir en paix et guerre les provinces éloignées :

elle nous diroit que le bruit des armes
l'empêche le plus souvent d'entendre
les lois, elle nous montreroit peut-être
son corps tout couvert de blessures et
de cicatrices pour le service du Prince
et du public. Ne la pressons point, et
pour la traiter plus noblement encore,
réjouissons-nous plutôt avec elle de ce
qu'elle renonce désormais à ces combats singuliers, si peu chrétiens, si peu
humains, si peu sages, si inconnus aux
autres nations et aux autres siècles ; ou
pour mieux dire, triomphons-en avec
notre auguste Monarque, pour qui, si
notre reconnoissance égaloit celle des
premiers hommes, si nous savions aussi-
bien récompenser les héros, et rehaus-
ser avec autant d'invention et d'adresse
par l'éclat des belles fables, le corps de
la solide vérité, on compteroit quelque
jour entre les peuples qu'il a domptés,
la nation des duels la plus vaillante et

la plus mutine du monde, qui faisoit
sous les Rois ses prédécesseurs des ir-
ruptions continuelles dans le royaume,
jusqu'au milieu de leur cour et de leur
Louvre, et dédaignant le sang vulgaire
ne s'en prenoit qu'au plus beau et au
plus pur del'Et at.

Mais que nous dira la Justice, la mère
de l'ordre, de la tranquillité et du repos,
la protectrice des lois, la correctrice
des mœurs, si nous nous plaignons que
malgré ses lumières presque divines,
malgré ses soins infinis, malgré son application extrême, continuelle et infati-
gable, malgré son pouvoir que nous ré-
vérons, malgré ses ordres, et généraux,
et particuliers, les plus beaux et les plus
admirables sans contredit qui furent jamais au monde; malgré, dis-je, tant
d'insignes avantages que nous lui devons, et qui persuadent à la Perse et à
la Chine, qu'à cet égard nous conser-

vous encore le siècle d'or : je ne sais quel
poison fatal et invisible, mêlé et incor-
poré désormais à ses remèdes les plus
salutaires, les tourne à notre ruine, jet-
te dans nos vies et dans nos fortunes une
incertitude éternelle, une longue et dé-
plorable confusion ; qu'en nul autre
temps, en nul autre pays on ne plaida
jamais tant qu'en France, pour savoir
où l'on plaidera, puis sans savoir encore
ce que l'on plaide, puis sans le savoir
plus ; que la chicane désole tout le
royaume ; qu'il n'y a particulier ni famille qui ne s'en ressente, ni villes, ni
campagnes, ni landes même, sables et
déserts dans leur solitude et dans leurs
ténèbres où l'on puisse se mettre à couvert des piqûres si dangereuses et si
mortelles de ces serpens (c'est ainsi
qu'un de nos poëtes nomme les procès),
soit qu'ils rampent et se traînent à terre
comme vipères et couleuvres, soit qu'ils

volètent comme scorpions, soit qu'ils
s'élèvent comme dragons ou comme
hydres épouvantables à tant de têtes,
qu'Hercule même ne les sauroit domp-
ter. Procès non du commun, qu'ai-je
dit, communs et très-communs aujour-
d'hui, qui ne marchent qu'en cérémonie
et en pompe, sur les épaules courbées
de plusieurs hommes, sur des mulets,
sur des chariots ; où la matière principale languit étouffée sous la masse des
incidens ; où la plus grande question est
de trouver la question, consistant souvent en quelque clause d'un testament
ou d'un contrat un peu trop courte,
dont ces montagnes de sacs sont les hor-
ribles commentaires : non plus procès,
mais guerres, véritables fléaux de Dieu,
dont il punit en sa colère les fautes des
pères sur les enfans jusqu'à la troisième
et à la quatrième génération.

Si nous nous plaignons ainsi, quoiqu'amèrement, à la Justice, elle nous dira, car elle est juste, que nous avons raison ; qu'elle ne s'offense point de ce discours ; qu'elle s'en afflige plutôt ; qu'elle fait ce qu'elle peut, mais que la chicane a plus d'esprit qu'elle, et trouve mille finesses contre une de ses précautions ; que ce n'est pas sa faute, mais celle du genre humain ; qu'il n'y a rien de si saint que nous ne sachions corrompre, nul bien si grand dont nous ne trouvions le moyen et l'industrie de nous faire un grand mal.

Ministres sacrés de cette grande déesse, ou pour mieux dire, juges et magistrats de toutes les sortes, qui êtes la justice même, c'est à vous que j'adresse désormais ma voix et mes paroles dans la suite de ce discours, vous qui gémissez comme nous de ce malheur, qui prêtez vos mains innocemment comme je le fais moi-même, parce qu'on ne

le peut autrement , à ce que vous détes-
tez aussi-bien que moi ; vous qui con-
noissez mieux que personne, et cet abus,
et tant d'autres , et en général toutes les
langueurs du peuple que vous ne pouvez
guérir, qui n'avez pas seulement devant
vos yeux toujours ouverts , ce petit dé-
troit où je viens de faire une course,
mais au-delà de ces colonnes que je me
suis établies pour ne point passer outre,
un large , un vaste océan d'abus et de
malversations de tous les genres, où
quelque pilote plus hardi découvriroit
un monde si grand et si nouveau , et de
si surprenans antipodes. Quand on vous
parlera des abus et des désordres des
finances, comme des seuls, comme des
plus grands, comme des plus inouis qui
soient dans l'État, ou qui furent jamais
au monde, vous ne vous y tromperez
pas, repassez les yeux sur l'histoire de
tous les siècles, sur les vénérables res-

tes des républiques les plus florissantes
et les mieux réglées, sur tout ce que le
temps a épargné des personnes les plus
éclatantes de ce temps-là ou des plus
obscures; vous y verrez que ces mêmes
désordres des finances ont toujours fait,
non pas tant le crime des plus grands
hommes, que le prétexte de les oppri-
mer. Témoin en Grèce les Miltiades,
les Thémistocles, les Périclès, et presque tous ceux qui furent en grande autorité dans Athènes. Témoin à Rome
Coriolanus, Furius Camillus, Manlius
Capitolinus, Curius Dentatus, Scipion
l'Afriquain, son frère l'Asiatique, Livius Salinator, ce grand capitaine, cet
illustre censeur; Livius Drusus, citoyen
si grand et si bon, comme il le disoit
lui-même en expirant, que la république n'en eut jamais un plus grand ni un
meilleur; un Caius Flavius, un Mem-
mius, un père de Pompée, un Appius
Claudius,

Claudius, un et plusieurs Catons, et tant d'autres, que je n'aurois jamais fait si je voulois rapporter, tous ou persécutés, ou opprimés par l'accusation du péculat : soit que l'obscurité des finances ait fourni dans tous les siècles un lieu propre et commode aux embûches de la calomnie et de l'envie ; soit que de tout temps le mérite un peu élevé, par une faute sans doute, mais des plus humaines, mais des plus pardonnables, ait confondu sa fortune avec celle du public qu'il croyoit intéressé dans sa subsistance, ait compté le moindre de ses services pour plus que beaucoup d'argent, ait fait plus d'état des cœurs des citoyens que de leurs bourses, n'ait pas cru faire un péculat, quand sans rien garder pour lui-même, il ne prenoit d'une main que pour répandre de l'autre. Et si avec la même équité que nos véhémens déclamateurs tâchent d'é-

G

chauffer et d'irriter, c'est-à-dire, de corrompre, vous jetez les yeux sur les fautes des moindres financiers qu'on appelle aujourd'hui gens d'affaires, vous en trouverez peu de rigoureuses punitions, mais beaucoup de plaintes. Si le premier des orateurs ayant peut-être moins d'égard à leurs mœurs qu'à leur fortune, les appelle les plus honnêtes gens * du monde, l'écriture plus croyable, mais donnant en cela beaucoup au dire commun et à l'opinion des peuples, les met volontiers avec les ** pécheurs, quoique bien souvent elle les fasse voir ensuite autant ou plus gens de bien que les autres. Et quand leurs grandes richesses vous mettront en colère, je ne vous dirai pas qu'elles ne sont assez souvent qu'en grand crédit et que les richesses d'autrui qu'on leur confie; je ne vous re-

---

* *Publicanorum honestissima natio.* Cicer.
** *Publicani et peccatores.*

présenterai point que de tout temps, en
toutes les parties du monde, le commerce d'argent surtout grand et étendu
a acquis beaucoup d'argent à ceux qui
s'en sont mêlés ; je vous ferai souvenir
seulement que ces richesses ne sont pas
du moins pour être portées à quelque
autre monde, aux ennemis de la France
ou de la foi. Si leur avidité dérobe ces
biens à leur patrie, leur luxe (on a tort
de s'en plaindre) les lui rend aussitôt ;
ils n'avoient véritablement qu'une bouche à nourrir, mais ils en nourrissent
dix mille. Ce n'est point pour eux qu'ils
amassent ; ne le croyez pas quand ils le
croiroient eux-mêmes, c'est pour le bou-
langer, c'est pour le pourvoyeur, pour
le marchand, pour le parfumeur, pour
le brodeur, pour l'orfévre, pour le ma-
çon, pour l'architecte, pour le peintre ,
pour le doreur. Et s'il vous semble que
c'est pourtant un grand mal de ramas-

ser ainsi en une partie le sang et l'ali-
ment qui devroient être en plusieurs,
catce qu'il en sort incessamment par
une circulation aussi admirable qu'iné-
vitable, considérez encore du moins
qu'en des occasions grandes, importantes, capitales à l'Etat, on tire quelquefois un grand bien de ce grand mal :
comme si l'eau de mille et mille petites
sources avoit été mise exprès dans ces
vastes réservoirs pour s'en servir au besoin, quand il faudra remplir tous les
tuyaux à la fois, et que la pompe aille
avec plus de force et de vitesse. Et n'ou-
bliez point, s'il vous plaît, qu'en Espagne, où dans ces dernières années on
ne pouvoit faire un million d'extraordinaire, quelque pressés qu'ils en fussent,
on ne pouvoit assez admirer, ni même
assez craindre ces noms moins célèbres,
à la vérité, et moins glorieux que celui
de M. de Turenne, mais qui rendant l'a-

venir présent par une espèce de miracle
avec une seule feuille de papier, et quelque petit nombre de signatures, faisoient
plusieurs millions en une heure sur la
seule parole d'un surintendant ou de son
commis.

Sur toutes choses si l'on fait effort auprès de vous à qui le Prince a confié sa
justice, pour tourner ou directement ou
indirectement les fautes de tout un peuple contre un seul homme, grand et illustre, quoique l'envie en puisse dire,
mais le plus malheureux de tous : pour-
riez-vous y consentir, vous qui voyez
tous les jours comment l'abus, et la corruption, et la surprise se glissent malgré vous-même jusqu'aux portes de votre sanctuaire, jusqu'au pied de vos autels. Vous qui avec les intentions les
plus justes et les plus droites, avec ces
veilles et ces fatigues éternelles, avec
cette vie si laborieuse et tellement oc-

G 3

cupée des affaires d'autrui, qu'elle ne
vous permet pas de penser aux vôtres,
ne sauriez cependant empêcher qu'un
peuple obscur et infini qu'on trouve partout, et qu'on ne sauroit néanmoins où
prendre, quoique marchant sous vos
enseignes, ne combatte vos bons desseins, sous prétexte de les seconder;
que cultivant nos discordes comme son
fonds et son propre héritage, il n'im-
mortalise les passions, les querelles et
les fureurs des hommes mortels; qu'il
ne reproduise incessamment autant de
monstres que vous en pouvez extermi-
ner; qu'il ne fasse trop souvent qu'en
jugeant éternellement vous ne puissiez
néanmoins venir à bout de rien juger,
et que le centième arrêt ne termine point
non plus que le premier cette même affaire qui s'est moquée des juges inférieurs, qui a lassé toutes les compagnies
souveraines du royaume, qui est reve-

nue cinq ou six fois, je pourrois dire
dix ou douze, abuser des choses les plus
sacrées, profaner et prendre en vain le
grand nom du Roi en son conseil : ravissant cependant non pas le bien du
Prince fort et puissant, et qui se le fait
bien rendre ; mais celui de la veuve
désolée, mais celui du misérable orphe-
lin qui ne s'en peuvent venger, et ne
leur ravissant pas seulement le bien,
mais leur laissant encore pour leur malheur et pour leur supplice, la cruelle et
inhumaine espérance de le ravoir : jusqu'à ce qu'accablés d'infortunes ils com-
prennent à la fin que non pas au sens
des vérités évangéliques, mais en un autre bien différent, à celui qui n'a rien,
cela même qu'il a lui est ôté, et qu'il va-
loit mieux ayant reçu un soufflet tendre
la joue pour en recevoir un autre, et
donner ses habits tout entiers que de
disputer son manteau. Désordre étran-

G 4

ge, qui ne blesse pas la société civile en quelque chose de peu d'importance, mais en son essence, en son fondement, en son but, consistant à ôter la rétribution et la vengeance des mains de chaque particulier, pour la remettre toujours sage, mais toujours puissante entre les mains du public. Abus le plus audacieux de tous les abus, qui ne choque pas l'autorité souveraine en sa moindre partie, mais en la fonction capitale des Rois, puisque dans la vérité comme dans la langue sainte, juger et régner c'est la même chose.

Et vous, grand Prince (car je ne puis m'empêcher de finir ainsi que j'ai commencé, par V. M. même), c'est un dessein digne sans doute de sa grandeur, ce n'est pas un petit dessein que de réformer la France. Il a été moins long et moins difficile à V. M. de vaincre l'Espagne. Qu'elle regarde de tous côtés.

tout a besoin de sa main, mais d'une main douce, tendre, salutaire, qui ne tue point pour guérir, qui secoure, qui corrige et répare la nature sans la détruire. Nous sommes tous hommes, Sire; nous avons tous failli; nous avons tous désiré d'être considérés dans le monde; nous avons vu que sans bien on ne l'étoit pas, il nous a semblé que sans lui toutes les portes nous étoient fermées, que sans lui nous ne pouvions pas même montrer notre talent et notre mérite, si Dieu nous en avoit donné, non pas même servir V. M., quelque zèle que nous eussions pour son service. Que n'aurions-nous point fait pour ce bien, sans qui il nous étoit impossible de rien faire ? V. M., Sire, vient de donner au monde un siècle nouveau, où ses exemples, plus que ses lois mêmes ni que ses châtimens, commencent à nous changer. Nous le voyons, Sire, nous le sen-

G 5

tons avec joie. S'il y a toujours à l'avenir, comme on ne le peut empêcher, de grandes fortunes pour la mauvaise foi et pour l'injustice, il y aura désormais des récompenses et des établissemens honnêtes pour la fidélité et pour la vertu. Si la constitution de l'État et mille autres raisons considérables font que les charges doivent demeurer vénales, il y en aura du moins de chaque espèce pour le seul mérite, par les grâces de V. M. Cet homme de bien qui ne songe qu'à Dieu et à son étude, non pas même à V. M. ni à son pouvoir, apprendra tout d'un coup qu'elle l'a honoré d'un grand bénéfice, et doutera longtemps si c'est une vision ou une vérité. Nous serons tous gens d'honneur pour être heureux, et courrons après la gloire, comme nous courions après l'argent, mourant de honte, si nous n'étions pas dignes sujets d'un si grand

Roi, par là véritablement, et par cette seconde formation de nos esprits et de nos mœurs le père de tous ses peuples. Mais quant à notre conduite passée, Sire, que V. M. s'accommode, s'il lui plaît, à la foiblesse, à l'infirmité de ses enfans : nous n'étions pas nés dans la république de Platon, ni même sous les premières lois d'Athènes écrites de sang, ni sous celle de Lacédémone, où l'argent et la politesse étoient un crime ; mais dans la corruption des temps, dans le luxe inséparable de la prospérité des États, dans l'indulgence française, dans la plus douce des monarchies, non-seulement pleine de liberté, mais de licence. Il ne nous étoit pas aisé de vaincre notre naissance et notre mauvaise éducation. Nous aimons tous V. M. Que rien ne nous rende auprès d'elle si odieux et si détestables, et que s'empêchant de faillir comme si elle * ne pardonnoit jamais, elle pardonne néanmoins comme si elle faisoit tous les jours des fautes. Et quant au particulier de qui j'ai entrepris la défense, particulier maintenant et des moindres et des plus foibles, ** *La colère de V. M., Sire, s'emporteroit-elle contre une feuille sèche que le vent emporte ?* Car à qui appliqueroit-on plus à propos ces paroles que disoit autrefois à Dieu même l'exemple de la patience et de la misère, qu'à celui qui par le courroux du ciel et de V. M. s'est vu enlever en un seul jour, et comme d'un coup de foudre, biens, honneur, réputation, serviteurs, famille, amis et

---

* *Qui cæteris ita ignoscit, tanquam ipse quotidie peccet ; ita peccatis abstinet, tanquam nemini ignoscat.* Plin. Ep. VIII, 22.

** *Contra folium quod vento rapitur, ostendis potentiam tuam, et stipulam siccam persequeris.* Job. XIII, 25.

santé, sans consolation et sans commerce, qu'avec ceux qui viennent pour l'interroger et pour l'accuser? Encore que
ses accusations soient incessamment aux
oreilles de V. M., et que ses défenses
n'y soient qu'un moment, encore qu'on
n'ose presque espérer qu'elle voie dans
un si long discours ce qu'on peut dire
pour lui sur ces abus des finances, sur
ces millions, sur ces avances, sur ce
droit de donner des commissaires, dont
on entretient à toute heure V. M. contre lui, je ne me rebuterai point, car
je ne veux point douter auprès d'elle
s'il est coupable. Mais je ne saurois douter s'il est malheureux. Je ne veux point
savoir ce qu'on dira s'il est puni; mais
j'entends déjà avec espérance, avec
joie, ce que tout le monde doit dire de
V. M. si elle fait grâce. J'ignore ce que
veulent et que demandent, trop ouverte-
ment néanmoins pour le laisser igno-

rer à personne, ceux qui ne sont pas
satisfaits encore d'un si grand et si dé-
plorable malheur; mais je ne puis ignorer, Sire, ce que souhaitent ceux qui
ne regardent que V. M., et qui n'ont
pour intérêt et pour passion que sa
seule gloire. Il n'est pas jusqu'aux lois,
Sire (c'est un grand saint * qui l'a dit);
il n'est pas jusqu'aux lois qui toutes
insensibles, toutes inexorables qu'elles
sont de leur nature, ne se réjouissent,
lorsque ne pouvant se fléchir elles-mêmes, elles se sentent fléchir d'une main
toute-puissante, telle que celle de Votre Majesté en faveur des hommes dont
elles cherchent toujours le salut, lors

---

* S. Augustin sur ces mots de Salomon :
Noli esse justus multùm. Lex enim, quia seip-
sum mollire non potest, à nobis mitiganda est,
ut possit prodesse sub se agentibus. Hic ergo non
est justus multùm, qui Dei imitator est. In
Quæst. Vet. Test. Qu. 15, tom. IV.

même qu'elles semblent demander leur
ruine. Le plus sage, le plus juste même
des Rois crie encore à V. M. comme à
tous les Rois de la terre, *ne soyez point
si justes*. C'est un beau nom que *la
Chambre de justice*, mais le temple de
clémence, que les Romains élevèrent à
cette vertu triomphante en la personne
de * Jule César, est un plus grand et un
plus beau nom encore. Si cette vertu
n'offre pas un temple à V. M., elle lui
promet du moins l'empire des cœurs, où
Dieu même désire de régner, et en fait
toute sa gloire. Elle se vante d'être la
seule entre ses compagnes qui ne vit et
ne repire que sur le trône. Courez hardiment, Sire, dans une si belle carière,
V. M. n'y trouvera que des Rois, comme Alexandre le souhaitoit, quand on
lui parla de courir aux jeux olympi-
ques. Que V. M. nous permette un peu

* Plutarque, en la vie de Jule César.

d'orgueil et d'audace ; comme elle, Sire, quoique non autant qu'elle, nous serons justes, vaillans, prudens, tempérans, libéraux même, mais comme elle nous ne saurions être clémens. Cette vertu toute douce et toute humaine quelle est, plus fière, qui le croiroit, que toutes les autres, dédaigne nos fortunes privées, d'autant plus chère aux grands et aux magnanimes Princes, tels que V. M., qu'elle ne se donne qu'à eux ; qu'en toutes les autres quoiqu'au-dessus des lois, ils suivent les lois, en celle-ci ils n'ont point d'autre loi qu'eux-mêmes. Je me trompe, Sire, je me trompe : s'il y a tant de lois de justice, il y a du moins pour V. M. une générale, une auguste, une sainte loi de clémence, qu'elle ne peut violer, parce qu'elle l'a faite elle - même pour elle - même, comme le Jupiter des fables faisoit la destinée, comme le vrai Jupiter fit les

lois invariables du monde, je veux dire
en la prononçant. V. M. s'en étonne
sans doute, et n'entend point encore
ce que je lui dis ; qu'elle rappelle, s'il
lui plaît, pour un moment en sa mémoire ce grand et beau jour que la
France vit avec tant de joie, que ses
ennemis, quoiqu'enflés de mille vaines prétentions, quoiqu'armés et sur
nos frontières, virent avec tant de douleur et d'étonnement ; cet heureux jour,
dis-je, qui acheva de nous donner un
grand Roi, en répandant sur la tête de
V. M. si chère et si précieuse à ses peuples, l'huile sainte et descendue du ciel.
En ce jour, Sire, avant que V. M. reçût
cette onction divine, avant qu'elle eût
revêtu ce manteau royal qui ornoit
bien moins V. M. qu'il n'étoit orné de
V. M. même; avant qu'elle eût pris de
l'autel, c'est-à-dire, de la propre main
de Dieu, cette couronne, ce sceptre,

cette main de justice, cet anneau qui
faisoit l'indissoluble mariage de V. M.
et de son royaume, cette épée nue et
flamboyante, toute victorieuse sur les
ennemis, toute puissante sur les sujets :
nous vîmes, nous entendîmes V. M.
environnée de pairs et des premières
dignités de l'État, au milieu des priè-
res, entre les bénédictions et les can-
tiques, à la face des autels, devant le
ciel et la terre, les hommes et les
anges, proférer de sa bouche sacrée
ces belles et magnifiques paroles, dignes d'être gravées sur le bronze, mais
plus encore dans le cœur d'un si grand
Roi :

*Je jure et promets de garder et
faire garder l'équité et miséricorde en*

---

* Paroles du serment de Sa Majesté : *Item
ut in omnibus Judiciis æquitatem et misericordiam præcipiam ; ut mihi et vobis indulgeat
suam misericordiam clemens et misericors Deus.*

tous jugemens, afin que Dieu clément et miséricordieux, répande sur moi et sur vous sa miséricorde.

Si quelqu'un, Sire, nous ne le pouvons penser, s'opposoit à cette miséricorde, à cette équité royale, nous ne souhaitons pas même qu'il soit traité sans miséricorde et sans équité. Mais nous qui l'implorons pour M. Foucquet, qui ne l'implore pas seulement, mais qui y espère, mais qui s'y fonde; quel malheur en détourneroit les effets; quelle autre puissance si grande et si redoutable dans les États de V. M. l'empêcheroit de suivre et ce serment solennel, et sa gloire, et ses inclinations, toutes grandes, toutes royales, puisque sans leur faire violence et sans faire tort à ses sujets, elle peut exercer toutes ces vertus ensemble ? L'avenir, Sire, peut être prévu et réglé par de bonnes lois. Qui oseroit encore man-

quer à son devoir, quand le Prince fait
si dignement le sien? Que personne ne
soit excusé; personne n'ignore maintenant qu'il est éclairé des propres yeux
de son maître. C'est là que V. M. fera
voir, avec raison, jusqu'à sa sévérité même, si ce n'est assez de sa justice. Mais
pour le passé, Sire, il est passé, il ne
revient plus, il ne se corrige plus. V. M.
nous avoit confiés à d'autres mains que
les siennes; persuadés qu'elle pensoit
moins à nous, nous pensions bien moins
à elle, nous ignorions presque nos propres offenses dont elle ne sembloit pas
s'offenser. C'est là, Sire, le digne sujet,
la propre et véritable matière, le beau
champ de sa clémence et de sa bonté.

CONSIDÉRATIONS

SOMMAIRES

SUR LE PROCÈS DE M. FOUCQUET.

SEIGNEURS ATHÉNIENS *, est-ce justement ou injustement que vous voulez nous faire mourir ? Ainsi commençoit sa défense et celle de ses amis, le plus homme d'honneur de son temps, et le plus zélé pour sa patrie, qu'on condamna comme traître ; mais à qui on dressa des statues publiques après sa mort. *C'est justement*, répondit l'assemblée tumultueuse. *Si c'est justement*, répliqua Phocion, *vous ne le pouvez sans formes, et sans nous avoir entendus.*

* Plutarque, en la vie de Phocion.

Un homme de bien eut le courage de se lever pour dire qu'il ne falloit rien faire qu'avec l'ordre solennel et accoutumé, qu'on ne laissât au théâtre que les habitans naturels, qu'on fit sortir les étrangers et les esclaves introduits contre les lois pour donner leur suffrage; mais ni l'homme de bien, ni Phocion n'en furent ouïs, et avec le nom de justice dans la bouche, on passa outre à l'une des plus injustes condamnations qui fut jamais.

Qu'il nous soit permis de prendre un seul mot de cet exemple, *les formes*. Les formes qui, en matière criminelle (c'est la voix commune de tous les auteurs célèbres), ne reconnoissent point les juges pour maîtres, mais sont leurs maîtresses absolues, ne sont pas formes, mais essence de la justice, et distinguent seules l'autorité de l'attentat, et la punition d'avec l'homicide.

Si cet écrit est vu de messieurs de la chambre de justice, pourront-ils, sous prétexte de ce nom extraordinaire, mépriser ce qu'en leurs juridictions ordinaires ils observent si religieusement? Quel charme, quel fruit, ou si agréable, ou si fabuleux, leur feroit oublier leur patrie?

Si M. Talon est du nombre de mes lecteurs, s'offensera-t-il de ses louanges, quand je le ferai souvenir pour un moment, quel honneur, quelle gloire, et quels applaudissemens il s'acquit autrefois, lorsque parlant en sa véritable place, non comme procureur général, mais pour le procureur général de S. M. contre un officier accusé d'intelligence avec les ennemis de l'Etat, il soutint si hautement en pleine audience, qu'il n'étoit point de sa charge de soutenir une procédure irrégulière dont l'accusé étoit appelant; que c'étoit servir le

Roi, que d'abandonner ce qui étoit fait pour le Roi, mais contre les formes.

Je ne dirai rien néanmoins des procédures faites jusqu'ici contre M. Foucquet. Tout le monde les sait, personne n'en ignore les qualités.

Mais comme on ne parle que de muet, que de contumax, je parlerai brièvement des contumaces; puis sortant des principes généraux, dont la connoissance, lors même qu'elle paroît indifférente, est toujours nécessaire pour éclairer l'esprit en des matières si grandes et si importantes : je montrerai en peu de mots que M. Foucquet, ni par la raison générale du droit, ni par les circonstances particulières du fait, ne peut être traité comme contumax en la chambre de justice.

La justice ne seroit qu'un vain nom, comme disoit de la vertu cet ancien et infortuné vertueux, si elle ne se faisoit obéir,

obéir, si pour l'éluder il ne falloit que fuir, ou se taire.

De tout temps il y a eu, soit pour le civil, soit pour le criminel, des peines à la fuite et au silence; on leur a toujours donné en l'une et en l'autre matière le nom odieux de contumace, d'opiniâtreté; mais l'une et l'autre matière ont été traitées bien différemment.

Au civil, selon les maximes de tous les temps, celui que les lois romaines nommoient *contumax*, que nous appelons communément et d'un nom plus doux, *défaillant*, perd nettement et irréparablement sa cause. Il ne s'agit que de bien; qui ne défend pas son bien, est estimé l'abandonner. La prescription le lui ôteroit sans la justice, pour sa négligence seulement. Pourquoi non la justice sans la perscription, pour son obstiné silence? On ne revient point en matière civile contre un arrêt par

II

défaut, ou par forclusion, que comme
on feroit contre un arrêt contradictoire par requête civile, par proposition d'erreur, par contrariété d'arrêt,
avec les mêmes fondemens, et les mêmes ouvertures, non autrement.

Au criminel il n'en fut jamais, il n'en
est pas encore aujourd'hui de même. Il
s'agit de ce qui n'est pas à nous, mais
à Dieu, mais à la république, de ce
qu'elle-même ne nous sauroit rendre
avec tout son repentir, et toutes ses
formes, si elle nous l'avoit ôté mal à
propos.

Les Romains, comme il est constant
à ceux qui savent leur droit, en matière de crime * ne condamnèrent jamais un absent, surtout à mort. Ils ne
trouvoient rien de plus injuste. La peine

---

* *Hoc jure utimur ne absentes damnentur :
neque enim inaudita causa quempiam damnari
æquitatis ratio patitur.* L. 1, tit. de requir. reit.

ordinaire en ces rencontres étoit la saisie et *annotation* de biens (ils nous ont donné ce mot), un an de délai pour se représenter, puis confiscation entière. Et cette jurisprudence s'est maintenue dans le monde très-long-temps après eux.

Parmi nous, et par une autre jurisprudence des derniers siècles, dont l'origine est obscure, l'absent est condamné à mort; mais c'est, à vrai dire, commination plutôt que condamnation.

Vient-il à se représenter? il ne lui faut point, comme en matière civile, requête civile, proposition d'erreur, contrariété d'arrêt, nulle œuvre par pièces nouvellement recouvrées, ou par dessein de formalité; avec *un peu d'argent pour les frais de défense et contumace*, bien et dûment obtenus, il rentre de plein droit dans son droit: la condamnation est mise au néant; la cause est

H 2

en son entier. Ce n'étoit pas la peine du crime dans cet arrêt fulminant, c'étoit, à proprement parler, celle de la contumace.

Bien plus, quoique dans les règles l'accusation meurt toujours avec l'accusé, si l'accusé condamné par contumace vient à mourir, sa justification, tant elle est favorable, ne meurt point avec lui. Il est permis aux héritiers de purger sa mémoire. En cela même jamais de fin de non recevoir, et avec justice, comme il n'y en a point en plusieurs autres matières, surtout en toutes celles qui regardent l'état des personnes, où la loi veut qu'il y ait toujours lieu à la vérité ; que rien ne lui puisse défendre le retour et l'entrée.

Et si l'on dit que du moins contre le contumax absent et vivant, l'arrêt est tenu pour contradictoire après cinq ans, il est vrai ; mais si nous approfon-

dissons bien les choses, encore trouve-
rons-nous qu'il n'étoit pas ainsi au commencement, qu'on y est venu comme
par force, par une raison de l'utilité
publique contre la raison ordinaire du
droit commun, qu'il a fallu, pour le
dire ainsi, donner une prescription à la
justice contre le crime, comme on en
donnoit au crime contre la justice, condamner peut-être après cinq ans sans
ouïr, comme après cinq ans sans ouïr
on mettoit à couvert de toute recher-
che, et la mémoire des morts, et les
personnes des vivans en certaines matières.

L'article 28 de l'ordonnance de Mou-
lins qui a introduit cette prescription
de cinq ans, montre même assez clairement que c'est une rigueur ajoutée
aux premières ordonnances par les dernières : rigueur qui ne regarde que les
condamnations à l'égard des biens, et

dont nos Rois se sont réservé la liberté
de relever tous ceux que bon leur sem-
bleroit. Et nos Rois se sont d'autant
plus absolument maintenus en l'autorité
de dispenser les contumax absens de
cette rigueur, au préjudice même non-
seulement de leurs propres droits, mais
encore de ceux des parties, et des seigneurs hauts justiciers, jusqu'à en tourner l'usage en style ordinaire, que
cette rigueur n'avoit été établie que
sous la réserve expresse de cette faculté
d'en dispenser.

Mais bien que ces condamnations
contre les absens soient si peu fermes
d'elles-mêmes, les proclamations, les
délais, les formalités par lesquels on
peut y aller sont d'une nécessité indis-
pensable ; rien n'en peut ôter le bénéfice à l'accusé, non pas même un nouveau crime. Et par l'usage du parlement,
dont nous avons des exemples de nos

jours, celui qui a même été ouï sur la
sellette, s'il brise sa prison, doit encore être contumacé dans les mêmes
formes.

Quant au contumax présent, nous
n'avons ni loi, ni ordonnance, ni règle
contraire : on en voit rarement ; les
législateurs passent par-dessus, ce qui
n'arrive qu'une ou deux fois. La loi est
faite pour le général, non pour le particulier ; elle ne peut pas tout dire.
C'est au juge à en tirer les conséquences
légitimes des cas réglés, aux cas qui ne
le sont pas, à ordonner même chose,
quand il voit même raison, autant que
la disposition de la matière le peut permettre.

Par ces principes généraux et constans, le contumax présent doit être
traité sans doute dans les mêmes formes, avec la même humanité que l'absent : ne se pouvant rien imaginer qui

H 4

en approche d'avantage. Et l'établisse-
ment de ce fondement est l'unique
moyen de faire cesser l'incertitude, et
la diversité de la manière d'en user.

Les exemples mêmes, quoique rares,
ne sont pas impossibles à trouver. Celui
dont j'ai ouï parler à l'égard des formes, est d'une procédure du grand conseil contre un contumax présent, faite
il y a environ cinquante ans par M. Vi-
gor et M. Guynet, que la compagnie
avoit commis entre les autres, comme
étant consommés et dans le droit, et
dans la pratique : mais avec tant de précaution, de solennité et d'incertitude,
que comme contre un contumax absent, en chacun des trois briefs jours on
fait trois cris publics, en chacun des
trois jours avec les mêmes délais, avec
les mêmes intervalles de temps, ils faisoient venir l'accusé devant eux, ils
l'interpelloient par trois fois de répon-

dre pour le contumacer : y ajoutant
même du leur que sur son refus ils man-
doient à chaque jour le procureur général, sur les réquisitions duquel ils
faisoient leurs interpellations à l'accusé,
et ne passoient outre que suivant les
arrêts qui étoient rendus sur chacun de
leurs procès-verbaux ; et ainsi en tout
le reste de la procédure : sachant bien
qu'ils n'étoient pas maitres, mais dépo-
sitaires des formes comme d'une chose
sacrée, dont ils ne pouvoient du moins
rien retrancher contre l'accusé, quoiqu'ils pussent y ajouter quelque chose
en sa faveur.

Et quant au pouvoir de se défendre
même après la condamnation, on sait
l'arrêt du parlement rendu depuis quelques années sur un muet volontaire ou
contumax présent, condamné par le
lieutenant criminel, et offrant de parler, et renvoyé par cet arrêt au lieu-

tenant criminel, mais à la charge de
l'ouïr, et de recommencer les procédures.

Et si contre ces raisons et ces autorités invincibles, avec de moindres raisons et de moindres autorités on disoit
que le contumax présent est moins favorable que l'absent, qu'il y a plus d'orgueil et de rébellion en sa conduite ;
que qui ouvrira cette porte aux accusés, ils seront tous contumax, et tous
les procès se feront deux fois : encore
que ce ne soit pas notre question, di-
sons brièvement que ces raisons ne sont
raisons qu'en apparence.

Car premièrement en matière de formes, de longueurs, de délais, qui doute
que le présent ne soit plus favorable
que l'absent, par là même qu'après tous
ces délais, toutes ces longueurs, toutes
ces formes, il peut être effectivement
puni ?

Qui comparera en matière d'humanité et d'indulgence l'ombre au corps,
la peinture à la personne?

La question même tant agitée, s'il
faut donner un curateur au contumax
présent, ne semble-t-elle pas parler en
sa faveur contre l'absent, puisqu'on ne
donne jamais de caractère qu'à ceux
qu'on regarde avec pitié, et qu'on prend
soin de défendre?

N'est-il pas constant en droit, que
le premier et le plus grand mépris de
la justice est de ne pas comparoître? Le
second, mais moindre, de paroître avec
de mauvaises excuses dans la bouche
pour décliner? Il faut, dit la loi, se
montrer au juge quand on le croiroit
incompétent, pour lui dire cela même
qu'il est incompétent. Fuir donc est un
plus grand crime que s'excuser même
sans raison et sans fondement. La loi con-
seilleroit-elle, ordonneroit-elle un plus

grand abus pour en éviter un moindre?

Ce n'est pas toujours orgueil qui empêche de répondre; c'est raison quelquefois; c'est faute de conseil; c'est erreur; c'est terreur, étonnement, abattement de courage en une fortune pire que celle des esclaves, dont on a dit qu'elle ôtoit aux hommes la moitié de leur esprit et de leur vertu.

Les accusés ne peuvent-ils pas être détournés de se servir de cet artifice, non-seulement par les intérêts pécuniaires des dépens, des défauts et contumaces bien et dûment obtenus, dont ils sont toujours tenus même en cas d'absolution et d'innocence; mais aussi par la perte de divers avantages très-considérables pour leur défense, comme de certains reproches de témoins qu'ils auroient eus, s'ils avoient procédé contradictoirement?

Qui êtes-vous, qui contre les senti-

mens et les paroles des lois trouvez
un si grand péril, un si grand dommage
en la perte d'un temps modique, à qui
tout retardement semble importun, encore qu'il s'agisse de la vie? qui trouvez si longs trois briefs jours, lorsqu'on
parle de détruire ce que les mains de
Dieu et de la nature, ce que nos soins
et que nos travaux n'ont formé qu'avec
tant de temps et tant de peine?

Si le muet naturel, puisqu'on se sert
de cette comparaison pour le contumax
présent, touché par la violence de l'ob-
jet, et par son propre péril, comme
celui d'autrefois le fut par le péril de
son père, venoit à rompre les liens de
sa langue au milieu du supplice même,
qui doute qu'il ne le fallût écouter?

Je le dirai hardiment, et par la nature des contumaces, et par la comparaison du présent et de l'absent, et
partout ce que j'ai allégué de raisons,

d'autorités et d'exemples, si on suppo-
soit que par un miracle le contumax
présent, non-seulement condamné, mais
puni, revînt au monde, il seroit aussi
recevable à se justifier que l'absent dont
on n'a puni que le portrait ; parce qu'en
un mot en matière de crime, il n'y a
nulle justice, nulle damnation parfaite,
sans défense contradictoire. Si elle subsiste d'autre sorte, ce n'est que par le
bénéfice du temps, par une dureté ini-
que en soi contre le droit commun, et
le droit des gens, supportée et soutenue
seulement par nécessité, pour l'utilité
publique.

Mais ce n'est pas de quoi il s'agit : je
le traiterois plus à fond, s'il étoit besoin : je n'en parle que par occasion,
entre les lumières générales qui paroissent quelquefois superflues, mais sans
lesquelles on s'égare toujours dans les
jugemens particuliers.

Je viens à ma seconde partie, où j'ai promis de montrer que M. F., ni par les raisons universelles du droit, ni par les circonstances particulières du fait, ne peut être traité en contumax à la chambre de justice.

Non par la raison générale du droit; car la chambre de justice est incompétente. Comment peut-on se figurer en quelqu'un le droit de juger par contumace, s'il n'a nul droit de juger du tout, si à cet égard il est personne privée?

Ce sont les armes de la juridiction légitime; il n'en a point. Quand on a raison de ne point répondre, ce n'est pas opiniâtreté, c'est constance. La contumace est au juge, non en l'accusé. Je dis plus : c'est toujours un crime d'enlever celui qu'on appelle, ou qu'on amène en jugement. Mais si on appelle celui qui ne doit point être appelé, ou ailleurs qu'il ne doit être appelé, tous les deux, dit le jurisconsulte, pèchent contre l'édit. Il y a faute de part ou d'autre, mais la seconde est effacée par la première. On n'estime pas violence ce qui s'oppose à la justice même dans un injuste commandement.

Ce ne sont pas seulement les lois romaines qui ôtent au juge incompétent le droit de juger par contumace, et contre la volonté des parties. Nos auteurs français en disent autant. Ils mettent même entre les raisons qui empêchent qu'on ne soit contumax les récusations générales et justes contre une compagnie; les récusations simples contre un seul des juges, mais si puissant qu'on peut craindre d'en être opprimé. Mais pourquoi des autorités en grand nombre, dans une chose où la raison est si claire, où le droit est si certain?

Que la chambre soit incompétente, je pense l'avoir montré dans mes premiers mémoires. Il s'est passé assez de temps depuis que je les ai faits ; car il faut des voyages, et de longs voyages pour une feuille d'impression, quand elle défend un malheureux. Je ne sais si cette compagnie prétendroit un droit nouveau depuis ce temps-là : je ne le puis croire. J'ai dit qu'elle n'en pouvoit acquérir que par les mêmes voies qui lui ont procuré le premier. Si quelqu'un en pouvoit douter, je ne le persuaderai point ; je le prierai seulement de voir en note ce qu'en a dit non pas un homme vivant, mais un mort ; non pas un homme du commun, mais un très-grand homme ; non pas un avocat, mais un juge *, non pas défendant une partie,

* Le même M. P. Avrant, l. 2, p. 3, nomb. 12, après avoir montré qu'entre les anciens nul privilége n'étoit abrogé, ni affoibli que par une

mais traitant la matière en général pour le public avec autant d'équité que de science. Quiconque doutera donc de sa propre compétence, qu'il doute beau-

loi expresse, ajoute : *Il ne suffit pas aussi entre nous que telles lettres attributives de juridiction aient passé par la chancellerie, faut qu'en forme d'autre édit ou ordonnance dérogeante aux premières, elles aient été vues et vérifiées ès cours souveraines. Autrement quelle confusion seroit-ce ? quelles circonventions ! quelles surprises ! quelle ouverture aux grands d'avoir tels juges, ou plutôt tels exécuteurs qu'il leur plairoit ! de pouvoir distraire et renvoyer les parties où ils voudroient ! leur ôter à tous propos la voie d'appel ! de fait, telles lettres sont défendues par les ordonnances de tous nos Rois. Il se faut donc bien garder que la cause d'octroyer évocations, et lettres extraordinaires, soit pour accabler plus facilement un pauvre homme. Et encore, non pour purger les provinces, mais les bourses. Il n'y a rien si injuste, ni qui rende l'État tant odieux, s'il est déjà principalement fort malade.*

coup plus encore s'il peut condamner un contumax.

Mais on dira que cette incompétence est toujours la question : ajoutons quelque chose, non de plus vrai, nous ne saurions, mais de plus pressant encore. Quand cette incompétence seroit aussi obscure et aussi douteuse qu'elle est claire et certaine ; je dis que si on l'oppose à messieurs de la chambre de justice, avec quelque raison, ou avec quelque couleur seulement un peu apparente, si on ne s'en tient pas à leurs arrêts, ils ne peuvent en façon du monde passer outre sans autre forme, et traiter un homme de contumax ; parce qu'ils ne sont pas juges ordinaires, mais extraordinaires; non officiers en leur commission, mais commissaires, mais délégués. Cette distinction n'est pas de moi; elle est de tous ceux qui ont traité avec soin la matière des juridictions et des

compétences ; on les peut voir pour
s'en éclaircir : je n'en mettrai ici qu'une,
autorité considérable qu'on trouvera
dans un livre des plus familiers. C'est à
la partie, dit la loi, à obéir, et au préteur à juger, si la juridiction lui appartient. Au préteur sans difficulté ; car il
est juge souverain et ordinaire. Toutefois de peur qu'on ne s'y trompe en éten-
dant ce qui est dit du préteur seulement,
comme on le fait bien souvent, à toute
sorte de juges : cette règle, ajoutent les
jurisconsultes, peut tromper en divers
cas, *comme si le différend dont il s'agit*
est entre le juge et la partie, s'il veut
étendre sa juridiction hors son terri-
toire, s'il est notoirement incompétent,
si on voit qu'il attende quelque intérêt
et quelque avantage en jugeant, et d'au-
tres cas ; mais entr'autres s'il est juge
délégué, s'il est commissaire.

Je dis hardiment commissaire, quoi-

que le latin qu'on voit en note ne dise
que délégué, parce qu'il n'a point d'autre mot; parce que la raison est semblable en l'un et en l'autre. Le juge ordinaire et souverain est sans doute juge
de sa compétence, son autorité se sou-
tient sur son propre poids; elle a tout
en elle-même; elle est si établie, si
ancienne, qu'on n'en voit presque pas
le commencement, qui se confond avec
celui de la république. Les commissaires, au contraire, quelque souverains
que vous les fassiez, sont délégués,
n'ont qu'une juridiction temporelle et
empruntée qui tient à l'ordinaire comme à son fondement, comme à sa source, qui doit y retourner bientôt. Ils
sont les premiers juges de leur compétence, mais non pas les derniers;
quand elle leur est contestée avec quelque raison, au moins plausible, au
moins apparente, s'il y a quelque obs-

curité, quelque incertitude, qui en sera l'interprète? Vous m'opposez un édit vérifié. Je dis qu'il ne l'est pas à mon égard; pour le moins j'appelle comme de juge incompétent; je vous prends à partie; je m'oppose, cela est permis dans notre justice. Je m'oppose en tant que besoin seroit à cet arrêt même de vérification que vous m'opposez, où je ne suis ni nommé, ni compris, ni en paroles, ni certainement dans l'intention de ceux qui l'ont donné. Qui en connoîtra qu'eux-mêmes? Qu'il me soit permis de parler à eux. Qu'ils m'entendent, qu'ils m'écoutent comme en tous les autres procès du monde, avec cette liberté si naturelle, si nécessaire à la justice. Jusque-là, quand je n'aurois pas d'autres raisons, et j'en ai plusieurs, je ne suis pas muet volontaire, mais forcé, plus digne sans comparaison de pitié que de colère.

Mais passons des raisons générales du droit aux circonstances particulières du fait.

La condamnation par contumace est établie sans doute contre ceux qui ne veulent rendre nul compte de leurs actions, qui veulent cacher leurs crimes dans l'obscurité, qui n'ont autre espoir qu'en leur silence, qui ne répondent rien, ni aux accusateurs, ni aux juges, parce qu'ils ne trouvent rien à répondre à leur conscience qui les accuse, qui les juge malgré eux.

Peut-on aujourd'hui traiter M. F. comme un obstiné, comme un contumax de cette sorte, lui qui à la première vue des commissaires que le Roi avoit envoyés vers lui, sans chicane, sans commandemens redoublés, sans défendre les dehors, a commencé de parler, a parlé cinq semaines durant, quand tout le monde croyoit qu'il se devoit taire ? Mais il avoit plus de raison que ceux qui n'entendoient pas la sienne. Il devoit parler par respect pour son Roi, pour le plus grand Roi du monde. Il pouvoit, sinon sans se faire quelque tort, au moins sans perdre son privilége, se taire en tirant avantage de l'irrégularité même des procédures qu'on alléguoit contre lui. Il a eu, dit-on, des nouvelles ; quelque esprit familier l'a averti de ne plus parler. Oui certes, et bien familier, car c'est le sien même. Il se tait maintenant qu'il est accusé, parce que son privilége seroit perdu, s'il parloit comme il a parlé avant que d'être accusé ; parce que son innocence eût été calomniée s'il se fût tu ; parce qu'en satisfaisant à sa conscience et aux lois, il n'auroit pas satisfait à son zèle, à son respect, à sa soumission pour son prince.

L'esprit familier de Socrate, si célèbre

bre dans l'antiquité, qui ne lui commandoit jamais rien, mais lui défendoit
beaucoup de choses, lui eût sans doute
et permis et défendu de parler en des
rencontres si différentes. Il parla ce
grand homme devant ses juges, encore
qu'il fût assuré d'en mourir. Il ne voulut
pas se sauver après sa condamnation,
encore qu'il le pût sans peine. Mais il
en rend lui-même la raison dans le
Dialogue de son grand Disciple. C'é-
toient ses juges naturels et compétens;
ils lui avoient fait son procès suivant
les formes et les lois de l'État; ils faisoient un crime en le condamnant,
mais c'étoit un crime que de leur dés-
obéir, comme s'il eût déjà su ce beau
mot des jurisconsultes romains : *le préteur fait justice, lors même qu'il ordonne injustement :* ou pour mieux dire,
si tout le savoir des jurisconsultes n'é-
toit qu'un crayon de cette véritable

I

philosophie dont il fut le fondateur et
le père. Mais par son propre raisonnement, si ses juges n'eussent été compétens et naturels, s'ils eussent excédé
leur pouvoir, s'ils ne l'eussent pas condamné dans les formes, cette action la
plus forte, la plus héroïque qui fut jamais, et dont la gloire doit durer autant
que le monde, n'eût été qu'une simpli-
cité et qu'une foiblesse dont nous nous
moquerions aujourd'hui.

Et si on veut quelque chose au-dessus
de Socrate, s'il faut un exemple humain
et plus qu'humain tout ensemble, l'innocence et la pureté elle-même, venue
au monde à la vérité pour souffrir, mais
aussi pour accomplir toute sorte de justice, et vivre exactement selon les lois,
en quoi consistoit une partie de son hu-
milité et de sa souffrance : quand elle a
été accusée par des ennemis déclarés,
cherchant à la perdre à quelque prix

que ce fût, plutôt qu'à la convaincre légitimement suivant les formes judiciaires : quelque faux témoignages que ses ennemis lui opposassent, quelque instance que son juge lui fît de parler, resolut de se laisser condamner sans répondre, si ce n'est autant qu'il falloit pour montrer qu'il ne tenoit qu'à elle de se bien défendre. Et une des principales raisons de ce silence du fils de Dieu, selon les pères de l'église, c'est qu'il voyoit clairement combien ce qu'il eût pu alléguer pour sa justification auroit été inutile : son juge, quoique d'ailleurs assez bien intentionné, n'ayant pas assez de courage pour résister à la passion et au crédit de ses ennemis.

Mais pour rentrer dans notre sujet, que demande - t - on aujourd'hui à M. Foucquet? Non pas qu'il rende raison de ses actions; il l'a déjà fait durant cinq semaines. Mais on veut qu'il dise,

I 2

ou expressément, ou tacitement : je me rends ; je reconnois comme juges compétens ceux que je ne puis jamais reconnoître, sans blesser et ma conscience, et mon honneur, et l'intérêt du public. Ce n'est pas un sentiment injuste de croire qu'encore que M. Foucquet ne réponde pas, il ne doit point être traité en muet, ni en contumax présent, puisqu'il parle, et qu'il ne refuse pas purement et simplement de répondre, mais qu'en s'excusant de répondre par-devant messieurs les commissaires de la chambre de justice, à cause que les qualités particulières qui se rencontrent en sa personne, et l'un des crimes dont il est accusé, les rendent manifestement incompétens, il offre expressément de répondre, et de se défendre par-devant ses juges naturels, comme étant seuls compétens pour connoître de son procès.

Ce n'est pas même un sentiment nouveau, ni particulier; car le sieur de Castelnau rapportant en ses Mémoires ce qui s'étoit passé de son temps au procès que François II avoit commencé de faire faire par commissaires au prince de Condé, en parle en ces termes : *Et si ledit Prince n'eût répondu, ni signé sa réponse, et que seulement il eût persisté au renvoi qu'il avoit requis, il ne pouvoit être condamné, car j'ai toujours ouï dire que le silence des accusés ne leur peut nuire, si les juges ne sont tels qu'ils ne se puissent récuser, et principalement quand l'accusé a demandé son renvoi, offrant de procéder devant ses juges.*

Je passe mille choses sans doute; mais que chaque particulier les supplée, et que chacun de ceux qu'on veut qu'il reconnoisse pour juges, se dise à lui-même :

I 3

Je suis juge ; mais celui que je prétends juger l'étoit aussi, et quelque chose de plus ; mais tout juge et tout innocent peut un jour être accusé.

Si j'avois le malheur d'être tombé dans la disgrâce d'un Prince très-juste, mais d'autant plus irrité, qu'il seroit juste, et qu'on m'auroit représenté à lui comme très-criminel ;

Si en cet instant on avoit saisi non-seulement tous mes biens, mais tous mes papiers, sans inventaire, sans appeler personne pour moi ;

Si ceux qu'on croiroit auteurs de ma perte en avoient eu la libre disposition ;

S'il paroissoit clairement qu'on eût soustrait les plus nécessaires à la défense ;

Si après six ou sept mois d'une affreuse solitude, des commissaires m'étoient venus visiter ;

Si j'avois vu dans l'édit qui est le fondement de leur commission, mille clauses très-rigoureuses;

Si je n'y avois trouvé mention aucune de privilége, ni de privilégié; rien qui me pût regarder;

Si j'avois trouvé dans la commission mes ennemis déclarés et publics depuis plusieurs années, plus de juges justement suspects et récusables qu'il n'en faut pour évoquer d'aucun parlement;

Si n'ayant aucun commerce, je voyois toutes les apparences du monde que ces juges inconnus, même à S. M., hors d'un petit nombre, lui eussent été présentés et proposés par mes propres ennemis;

Si dès le commencement des procédures je n'avois vu qu'irrégularité;

Si j'avois lieu de penser qu'on me poursuit pour des crimes pour lesquels

I 4

on n'oseroit même déférer beaucoup d'autres;

S'il me sembloit que cette commission prête à se réduire en taxes pour tout le monde, ne cherchât autre sang que le mien, que je fusse la victime piaculaire, le malheureux qu'il faudroit jeter dans la mer, avant que d'apaiser la tempête;

Si ne devant rendre raison d'une grande administration qu'au Roi, j'avois offert mille et mille fois de la rendre au parlement;

Si par soumission pour mon Prince je l'avois rendue à des commissaires mêmes, aussi long-temps que je le pourrois, sans me perdre;

Si on ne m'offroit de l'encre et du papier, que pour déroger à mon droit, et à la charge d'y déroger, et non autrement;

Si je n'avois ni conseil, ni liberté d'agir, ni moyen de parler au Roi, ni voie pour me faire entendre à ses compagnies souveraines ;

Si on me poursuivoit même en contumax contre les formes ordinaires des contumaces, et sans les observer ;

Si on ne me pressoit enfin de parler, que pour m'accabler avec plus de prétexte :

Ferois-je bien de parler, ou de me taire ? Feroit-on bien de me traiter en muet et en contumax ? Non sans doute. Je ne ferai donc point à autrui, ce que je trouverois si mauvais, si on me le faisoit à moi-même.

FIN DU SECOND VOLUME.

TABLE

DES MATIÈRES

Contenues dans ce Volume.

Fin de la Table.

AVIS

Sur plusieurs ouvrages qui ont été mis en vente depuis peu dans la Librairie de N. L. M. Desessarts, rue du Théâtre Français, N°. 9, la dernière porte cochère à droite, près la place de l'Odéon.

Les Vies des Hommes illustres, par Plutarque; seconde édition, revue, corrigée et ornée de portraits gravés d'après l'antique, 4 vol. in-8°. 15 fr.

Précis Historique de la vie d'Annibal et de ses campagnes en Italie, in-8°. 1 fr. 80 cent.

Traité du Sublime, traduit du grec par Boileau, 1 vol. in-12. 1 fr. 50 cent.

Œuvres choisies de l'abbé de Saint-Réal, contenant la Conjuration contre la République de Venise et celle des Gracques; des Réflexions sur la Valeur, la Fortune et la Mort; des fragmens historiques sur Marius, Sylla, Antoine, Auguste, Octavie, Néron; des mélanges, des maximes; et une notice sur la vie, le caractère et les ouvrages de Saint-Réal, par Desessarts, 2 vol. in-12. Prix 4 fr. papier ordinaire, 5 fr. papier fin, et 8 fr. papier vélin.

Œuvres choisies de Saint-Évrémont, faisant suite aux Œuvres choisies de Saint-Réal,

précédées d'une notice sur la vie et le caractère de Saint-Évrémont, par Desessarts, 1
vol. in-12, papier ordinaire 2 fr., papier fin
3 fr., et papier vélin 4 fr.

Les OEuvres complètes de Gilbert, 1 volume
in-8°., avec le portrait de l'auteur; seconde
édition, 2 fr. 50 cent.; le double en papier
vélin.

Autres Livres de fonds qui se trouvent chez le même Libraire.

Les Siècles littéraires de la France, ou
*Nouveau Dictionnaire historique, criti-
que et bibliographique de tous les écrivains français, morts et vivans, jusqu'à
la fin du dix-huitième siècle*, par N. L. M.
Desessarts et plusieurs biographes, 7 vol.
in-8°. grande justification à deux colonnes.
Prix, 36 fr. papier ordinaire, 72 francs en
papier vélin.
Cet ouvrage est du petit nombre de ceux qui
intéressent la gloire nationale : il offre le tableau
le plus vaste des travaux des écrivains français
dans tous les genres et la bibliographie la plus
complète qui ait encore paru en France.

OEuvres diverses de Duclos, de l'académie
française, 5 vol. in-8°., nouvelle édition,
augmentée de plusieurs Mémoires curieux,
entr'autres sur les Druides; l'Art théâtral
chez les Romains et les Français; l'origine et
les progrès des langues celtique et française,
etc. Cette édition est ornée du portrait
de l'auteur, dessiné par le célèbre Cochin.
Prix 15 fr. papier ordinaire, et le double en

papier vélin. Le cinquième volume se vend séparément 3 fr. 50 c.

OEuvres complètes de Thomas, de l'académie française, contenant ses *Éloges*, son *Essai sur le caractère et les mœurs des femmes*, son *Essai sur les Éloges*, son poëme de *Jumonville*, sa critique du poëme de la *Religion naturelle*, par Voltaire, et ses *OEuvres posthumes*, qui consistent dans le *Poëme épique sur le czar Pierre Premier*, en une traduction en vers de la *Satire de Juvénal sur les vœux*; en plusieurs pièces de vers inédites, et dans des mélanges en prose, 7 vol. in-8°. Prix, 24 fr.; le double en papier vélin : les *OEuvres posthumes* se vendent séparément, 7 fr. en 2 vol. in-8°., et 5 fr. en 2 vol. in—12.

Nouvelle Bibliothèque d'un Homme de goût, ou *Tableau de la littérature ancienne et moderne*, par Desessarts, 4 vol. in-8°., 12 fr.; le double en papier vélin.

Entretiens d'un Père avec ses Enfans, sur l'histoire naturelle, par J.-F. Dubroca, ancien professeur, 5 vol. in—12, dont 4 de discours et un de planches, contenant 400 fig., tirées des trois règnes de la nature. Prix 12 fr., et 20 fr. en papier vélin.

Cet ouvrage est entre les mains de presque tous les jeunes gens qui veulent acquérir des connoissances sur l'Histoire naturelle. Aucun de ce genre n'est aussi complet. Le dialogue entre le père et ses enfans, est plein d'intérêt. C'est un de ces livres utiles, qui offrent l'avantage précieux de faire entrer les élémens des sciences dans l'âme des jeunes gens, avec l'attrait du plaisir que la curiosité satisfaite inspire.

Recueil de règles et d'exemples sur la Prosodie française, la versification et le style figuré, 1 vol. petit in-8°., 1 fr. 50 c.

Recueil de préceptes et d'exemples sur le Beau et le Sublime dans les ouvrages d'esprit, 1 vol. in-12. Prix 2 fr., et 2 fr. 50 cent. franc de port pour les départemens.

Élite des poésies de Chaulieu, 1 vol. in-12 (belle édition, ornée d'une vignette allégorique), papier fin, 2 fr.; papier vélin, 4 francs. — Cet ouvrage n'a été tiré qu'à 300 exemplaires.

Les Œuvres de Reyrac, avec le portrait de l'auteur, belle édition, 1 vol. in-8°. Prix, 2 fr., et 5 fr. en papier vélin.

Traité de l'origine des Romans, par le savant Huet, évêque d'Avranches, suivi d'*Observations sur les Romans français*, avec un catalogue des meilleurs romans qui ont paru, surtout pendant le dix-huitième siècle, 1 vol. petit in-12, belle édition. Prix, 1 fr. 80 cent.

Candide, roman de Voltaire, jolie édition, in-18, avec 2 charmantes gravures. Prix, papier ordinaire, 1 fr. 50 cent.; et papier vélin, 3 fr.

Mélanges historiques et politiques sur l'Angleterre, 1 vol. in-8°. de plus de 400 pages, imprimé sur papier fin, 3 fr.

On trouve au commencement de cet ouvrage un tableau très-curieux de la police de la ville de Londres : il contient d'ailleurs des matériaux précieux pour l'histoire.

Les Procés fameux jugés avant et depuis la révolution, par Desessarts : contenant le détail de circonstances qui ont accompagné le supplice des grands criminels, et des victimes qui ont péri sur l'échafaud, 20 volum. in-12. Prix, 36 fr ; on se charge de les faire parvenir francs de port, pour 40 fr. — Chaque volume se vend séparément, 2 fr. à Paris, et 2 fr. 50 cent: franc de port, pour les départemens.

Les dix premiers volumes de ce recueil contiennent les procés les plus célèbres de tous les temps et de toutes les nations.

Les dix derniers volumes offrent le tableau des condamnations sanglantes de l'affreux tribunal révolutionnaire, qui a immolé tant de victimes.

On vend séparément les dix volumes qui contiennent les procés de la révolution, 20 fr.

La Vie et les Crimes de Robespierre et de ses principaux complices, par Desessarts ; seconde édition, augmentée d'un *Précis de la vie du ci-devant duc d'Orléans, et des détails de son supplice*, 4 vol. in-18. Prix, 3 fr.

On trouve au commencement du premier volume, le portrait de Robespierre; du second volume, celui de Couthon ; et du troisième, ceux de Marat et de Charlotte Corday.

DE L'IMPRIMERIE DE DUMINIL-LESUEUR,
rue de la Harpe, N°. 133.